世界经典动物小说精粹

名家·名编·名作　强强联合

西顿野生动物故事精选

动物小说大王

沈石溪

主编

[加]欧内斯特·西顿　著绘

吴其尧　译

二十一世纪出版社集团
21st Century Publishing Group

图书在版编目（CIP）数据

西顿野生动物故事精选 / (加) 欧内斯特·西顿著绘；吴其尧译 ； 沈石溪主编. — 南昌 ： 二十一世纪出版社集团，2023.2

（世界经典动物小说精粹）

ISBN 978-7-5568-5946-7

Ⅰ. ①西… Ⅱ. ①欧… ②吴… ③沈… Ⅲ. ①儿童故事—作品集—加拿大—现代 Ⅳ. ①I711.85

中国版本图书馆CIP数据核字（2022）第027667号

西顿野生动物故事精选

XIDUN YESHENG DONGWU GUSHI JINGXUAN　[加]欧内斯特·西顿/著绘　吴其尧/译　沈石溪/主编

出 版 人　刘凯军
策　　划　吴童文化
执行策划　童海青
责任编辑　朱　莹
美术编辑　王　桥
内文插图　[加]欧内斯特·西顿
封面彩图　张亚宁
出版发行　二十一世纪出版社集团
（江西省南昌市子安路75号　330025）
网　　址　www.21cccc.com
经　　销　新华书店
印　　刷　江西千叶彩印有限公司
开　　本　889 mm × 1300 mm　1/32
印　　张　8.5
字　　数　150千字
版　　次　2023年2月第1版
印　　次　2023年2月第1次印刷
书　　号　ISBN 978-7-5568-5946-7
定　　价　25.00元

金子般的心肠

——为“世界经典动物小说精粹”丛书作序

沈石溪

全世界所有的少年儿童都喜欢动物，都对动物感兴趣。孩子通过和猫、狗、鸡、燕子、蟋蟀等走兽飞禽昆虫打交道，才从感性上逐步认清人类的价值和人类在地球上的位置。正由于少年儿童和动物这种天然的友谊，描写动物的作品才经久不衰，备受青睐。

动物小说不同于传统的动物童话、动物故事和动物传记文学。比起动物童话来，动物小说受物种自然属性的严格限制，不能随意违反常规改变描写对象的行为特征，而要讲究科学性和真实感。比起动物故事来，动物小说的笔触由动物的行为层面进入心理层面，形象由类型化上升到个性化，并注入哲理意蕴。

比起动物传记文学来，动物小说注重艺术构思，作品充满想象力和浪漫色彩。

动物小说破译野生动物的行为密码，揭示不同物种间的行为差异，具有知识性和趣味性，能满足青少年读者强烈的求知欲。动物小说的主人公是动物，动物受弱肉强食的自然法则支配，生活惊险曲折，命运跌宕起伏，特别适合青少年读者的阅读口味。动物小说所描写的对象不受人类法律、道德和社会习俗的钳制和束缚，善恶美丑浑然一体，更接近生命的真实。动物小说折射出人生的复杂与严峻，让读者从中感知到人世间种种悲剧与问题的原始起因，窥探到生物层面上的终极答案。由此，动物小说经得起时间的淘洗，具有久远的生命力，理所当然受到青少年读者的钟情和迷恋。

这次，由二十一世纪出版社集团和上海吴童文化工作室联袂推出的“世界经典动物小说精粹”丛书，可以说是世界动物小说的精品荟萃和艺术盛宴。世界动物文学形成已有一百多年历史，作品汗牛充栋、卷帙浩繁。而这套书中的作品，每本都是精中选精，优中择优，包括《黑骏马》《莱茜回家》《忠犬波比》《野性的呼唤》《白牙》《西顿野生动物故事精选》六部国外作品。可以说，每一部作品都是某个时期动物小说创作隆起的一道山脉，都是世界动物文学王冠上的一颗明珠，都是人类文化宝库中的精品和不朽之作。

这六部作品涉及五位作家。请允许我对这五位作家一一做个简要评述。

加拿大的欧内斯特·西顿是享有国际声誉的作家，是动物小说这一文学体裁的开创者。西顿出生在英国的南希尔兹，六岁时和家人一起去加拿大。他学过自然科学，后来又到法国学过写生画，既是作家，又是博物学家和画家。他天生喜爱动物，年轻时就开始悉心观察、研究大自然的飞禽走兽；后来又在加拿大的草原开办农场，亲自饲养各种动物；曾在巴黎举办个人画展，展出他的动物画。1898 年，他的《我所知道的野生动物》出版。他为八种不同的动物写“传记”，从它们幼时写到衰老或由于人类的暴虐无道而夭亡。这本书获得极大成功，奠定了他不可撼动的“动物文学之父”的崇高地位，也使得他在经济上获得了独立，并赢得了美国总统西奥多·罗斯福的友谊。一个多世纪以来，西顿的作品一直是热爱动物者的必读经典，广受世界各国青少年的喜爱。

阅读西顿的动物小说，能强烈感受到他热爱大自然、热爱野生动物的伟大情怀。西顿因为热爱野生动物，所以对肆无忌惮猎杀和迫害野生动物的人予以强烈的谴责。西顿曾公开说过：“自由的野生动物有着高贵的自尊和伟大的情感，它们也是我一生中见过的最富有人情味的生命。我们人类才是一群靠着发达的头脑肆意毁灭自然、践踏生命的野兽。”西顿毫不隐讳地表达了这样一个理念：在人与动物的关系中，动物常常是无辜的受害者，卑鄙下流、不讲信义的反而是人。惊世骇俗，振聋发聩，直逼人心！这样的观点，在今天看来，也许算不了什么，但在一个多世纪前，环保意识远不如今天这般深入人心，以动物的纯真来反衬人类的卑鄙，以动物的善良来对照人类的贪婪，以动物的美丽来反观人类的丑陋，是需要极大勇气的。西顿可以说是全世界首位野生动物代言人和保护者。不仅他的动物小说给几代读者带来美的享受，他敬畏生命、尊重野生动物的理念，也深刻影响了后来的动物小说作家，成为动物小说创作永恒的价值追求。

杰克·伦敦是世界文学史上享有崇高声誉的作家，也是动物小说的开山鼻祖。他一生的经历非常复杂。他是私生子，当过报童，做过工人，当过盗贼，蹲过监狱，做过水手，上过捕鲸船，做过淘金者，做过记者，甚至当过拳击手。他只活到四十岁，因对生活绝望而自杀。杰克·伦敦的写作时间也很短，他 1899 年发表第一篇文章，1916 年自杀身亡，创作时间仅十八个年头，却留下了五十多部作品，也算是一位高产作家。他最著名的作品是长篇小说《热爱生命》，该作品讲述的是一个淘金者被同伴抛弃，迷路于荒野，与一只病狼争夺活下去的机会，最后杀死病狼，靠吃狼肉走出了迷途的故事。

杰克·伦敦还创作了“野性三部曲”：《野性的呼唤》《海狼》《白牙》。这几部描写动物和野性的小说，用黄钟大吕为动物放声唱出一支狂野的歌，被誉为动物小说的经典之作。“世界经典动物小说精粹”丛书收录了杰克·伦敦两部最重要的动物小说——《野性的呼唤》和《白牙》。

《野性的呼唤》写一条名叫巴克的狗目睹人世间的冷酷无情，最后在荒野狼群的呼唤下逃入了森林，变成了狼的故事。《白牙》描写的是一只有四分之一狗的血统的混血狼。它从小失去父母，在弱肉强食的丛林里受尽残酷生活的折磨，被迫去做“斗犬”。人在狗身上押注赌钱，让猛犬自相残杀，人在一旁观赏取乐。经过一系列变故，白牙九死一生，身上伤痕累累，心灵也遭受严重创伤。它仇恨同类，仇恨人类，仇恨一切，变成一只暴戾、残忍、变态的狼。这个时候，它遇到了新主人斯科特先生。斯科特先生代表了人类的理性、正义和宽容。更重要的是，斯科特先生有一颗包容残缺生灵的爱心。在斯科特先生的悉心调教下，白牙感受到了生命的温情，因爱而对主人忠心耿耿，变成一条忠勇的狗，最后与入室作恶的歹徒搏斗，拼死护卫主人的家庭。

杰克·伦敦虽然写的是动物，但他身为现实主义作家，笔锋所指就是那个时代混乱不堪的美国社会，批判把人异化成兽的恶劣生存环境。

这两部经典动物小说揭示了这样一个跨越时空的主题：饥饿与贫穷会把人变成兽，把狗变成狼；互相仇恨无助于改变苦难的生活，只会让生活变得越来越糟糕；只有爱和信任，才能从根本上让大家消除偏见，过上祥和幸福的生活。

从艺术角度看，这两部作品结构精美完整，把“野性—堕落—

叛逆—转变”的过程写得环环相扣，天衣无缝，合情合理，顺理成章，令人信服；语言鲜活优美，极具表达力，无论是描写狗，还是刻画人，都能写出其特征和个性，将其活灵活现地展现在读者面前。

这套丛书中另一部堪称经典的动物小说是《黑骏马》。这是19世纪中叶一位英国女作家的作品。有意思的是，这是一位仅有一部作品的作家。安娜·休厄尔十四岁时意外摔伤膝盖，落下残疾，从此终生离不开拐杖。她对动物充满仁爱之心，尤其是对马，视之为生活中最好的伙伴。她驾车从来不用鞭子，而是通过缰绳的变化和自己的话语来指引马。出于对人类虐待动物的强烈不满，她花六年时间创作了《黑骏马》。她希望通过黑骏马苦难而又辉煌的一生唤醒人们的善心和同情心，“要仁慈地对待动物”。虽然安娜·休厄尔一生只写了一本书，但这本书却为她赢得很大声誉，自出版之后就轰动欧洲文坛，被译成多国文字，畅销不衰，广泛流传，还多次被搬上大银幕。这部书的问世，还影响了动物文学的发展趋势。这是第一部以马作为主人公的小说。以马的视角来看世界，这在以前的动物文学里是从来没有过的。因此，《黑骏马》被誉为“第一部真正的动物小说”。

收进这套“世界经典动物小说精粹”的还有英国作家埃里克·奈特写的《莱茜回家》。这是一部写狗的小说，主角是一条名叫莱茜的狗，它忠诚、勇敢、执着、善良、坚韧……与主人结下了终生不渝的友情。这部小说以当时一只苏格兰柯利犬的真实故事为蓝本写的小说，带有明显的纪实文学风格，用最真实、最细腻、最感人、最温情的笔触描摹出动物丰富深邃的内心和情感世界，抒写了生命的尊严和自由的梦想。世界上写狗的作品有很多，但唯有《莱茜回家》被公认是“关于狗的全球性经典小说”。这部小说一出版便荣登畅销榜，不仅成为美国每月读书会特别推荐图书，而且出版三年后被世界著名电影公司米高梅公司搬上银幕。影片大获成功，也一举捧红了当年的童星伊丽莎白·泰勒。此后的半个多世纪里，莱茜的故事又被英国、加拿大、日本等多个国家改编成七部电影、一部广播剧和一部电视连续剧。莱茜也因此成为长盛不衰的明星狗。

从书里最后一部外国小说是美国作家埃莉诺·阿特金森写的《忠犬波比》。这部小说也是写人与狗之间生死相依的高贵情感。作者是长期从事新闻工作的记者。据说这部小说的素材来源于真实发生的事件。小说的情节并不复杂，写的是一只名叫波比的小狗与老主人相依为命的故事。老主人病逝后葬于教堂墓地，波比忠诚不渝地守护在老主人墓旁，至死也没改变。波比的忠贞受到人们的广泛尊重，波比死后得到了一座属于它自己的纪念碑。这个题材与人心冷漠、世态炎凉的西方社会无疑形成了鲜明的对照，通过描写狗的行为来反观人类自身的行为，具有很强的针对性和特殊的现实意义。

毫无疑问，这套“世界经典动物小说精粹”的出版，是动物小说一次辉煌的展览，一次威武雄壮的检阅。

值得一提的是，这六部作品都是请既精通外文，又具有很高文学素养的翻译家重新做的翻译。新译本既保留了经典的高品质，在文字表达上，又恰当地融入了中国元素和时尚元素，增强了文学魅力，可以说是一种文化的提炼和艺术的雕琢，使得作品焕然一新，更适合中国读者阅读。

这套书也精选了我的一些动物小说代表作，放在《沈石溪动物小说精选（一）》和《沈石溪动物小说精选（二）》两本书里。

最后，我要为这篇序做一个破题：为什么要用“金子般的心肠”来做这篇序的题目呢？首先要介绍这句话的出处。这句话出自波兰著名作家扬·格拉鲍夫斯基之口。扬·格拉鲍夫斯基也是一位优秀的动物小说作家，曾写过《乌鸦天使》。我借用扬·格拉鲍夫斯基这句名言，想表达三层意思。第一层意思，与扬·格拉鲍夫斯基相同，在与动物的长期交往中，我也深有感触，那些可爱的动物有“金子般的心肠”；第二层意思，那些用心血来描写动物灵性的作家也具有“金子般的心肠”；第三层意思，喜欢阅读动物小说的青少年读者都是热爱大自然、关爱生命的人，善良仁慈，也有“金子般的心肠”。

人人都有“金子般的心肠”，世界就会变得越来越美好。

是为序。

于上海梅陇书房

目　录

狼王洛波

一

新墨西哥北部有一片广袤的牧场，叫作喀伦坡。那里牧草丰美，牛羊成群，起伏的山峦中，美妙的溪水奔流不息，最终汇成一条大河——喀伦坡河，这地方正是因此得名。在这一带，你无处不感受到一位君王的威势，他是一匹年迈的灰狼。

老洛波体形巨大，墨西哥人直截了当称他“狼王”。他率领着一群健壮的灰狼，多年来一直蹂躏着喀伦坡河谷。所有牧羊人、牧场工人都熟知他的底细，无论何时何地，只要他带着那群忠心耿耿的手下一露面，霎时间牛羊吓得魂飞魄散，牧人就只有悲愤绝望了。老洛波是狼族中的巨无霸，而他的心计和力道丝毫不逊于他的体格。夜深人静时此起彼伏的狼嗥中，唯有他的声音最与众不同，牧人们一听便知。普通的狼在营地外面叫到半夜，顶多让牧人留神一时，可如果是老狼王的低吼在河谷间徘徊，那看守人可要提心吊胆了，就等着来日天明计算牛羊的惨重损失吧。

老洛波的部下并不多。这一点我始终不能明白，因为一匹狼如果能有他这样的地位和权力，通常会吸引许多狼来投奔他。也许是他自己就希望只要这么多，也许是他的火暴脾气让狼群没办法再扩大，总而言之，在洛波的统治后期，他只有五名随从。不过，他们中的每一匹都自有威名，体格也都在普通狼族之上，尤其是那位副帅，名副其实的庞然大物，但若论身量和勇力，却依然远不及狼王。除了这两位正副首领，另外几匹也都是出类拔萃、赫赫有名的。其中有一匹美丽的白狼，墨西哥人管她叫“布兰珈”，想必是母狼，说不定和洛波是一对。还有一匹黄狼，身手特别敏捷，大家都在传说，他有好几次为狼群捕到过羚羊。

很快你就会看到，牛仔和牧人对这些狼的出没是多么了如指掌。人们时常看见他们，听说他们的故事，那些牧人的生活与他们的活动休戚相关，牧羊人们更是要铲除他们而后快。在喀伦坡，没有哪一个牧人不愿意多拿几头公牛出来，换取洛波那群里无论哪匹狼的头颅，然而，他们过着似有魔法保佑的生活，人们千方百计想谋杀他们，但他们总能逢凶化吉。猎人也好，毒药也罢，他们都嗤之以鼻。至少有整整五年，他们一直从喀伦坡的牧人手里索取贡品。许多人说他们每天都要夺走一头牛，如此算来，这群狼已经消灭了不下两千头最肥壮的牲口，因为人们都很清楚，他们从来就是挑肥拣瘦的。

大家总是认为，狼往往处于饥饿状态，因此总是饥不择食，但是对于这群狼来说，根本不是这么回事，因为这伙强盗永远毛色油光，精力充沛，对口中之食异常挑剔。任何自然老死、有病或者肮脏的动物，他们是碰都懒得碰一下的，就连牧人宰杀的牲口，他们也决不染指。他们挑来享用的，是刚满周岁、新鲜活杀的小母牛，而且只看得上最嫩的那部分肉。老公牛、老母牛，他们当然不屑一顾；虽说偶尔会捕上一头马驹，可马肉显然算不得他们的心头所好；他们也不见得爱吃羊肉，虽说时不时杀羊取乐。一九八三年十一月的一天夜里，布兰珈和黄狼杀了整整两百五十头羊，就是为了闹着玩，因为他们连一口都没吃。

关于这群狼是如何作恶多端，我还有好多故事要讲，以上不过略举一二。每年人们都会想出新招要消灭他们，但都枉费心机，狼群照样活得逍遥自在。有人出高价悬赏洛波的脑袋，于是大家试了不下二十种巧妙的投毒法，要

置他于死地，但没有一次不被他识破的。只有一件东西令他恐惧——枪，他很清楚，这个地区的每一个人都随身携带枪支，所以从来没听说过他会去袭击人，或者胆敢和人打照面。这群狼有一条既定的规则，那就是：白天一旦察觉有人，立即逃之夭夭，无论距离有多远。洛波还立下规矩，狼群只允许吃亲手杀死的猎物，这条规矩不知道救了他们多少次，而他那敏锐的嗅觉让他对人触摸过的脏物或毒药一闻便知，这也使他们毫无性命之虞。

有一次，一个牛仔听见老洛波的叫声，那再熟悉不过的嗥叫是在召集狼群。他悄悄靠过去，发现这群喀伦坡之狼正在一块洼地上，将一小群牛“团团围住”。洛波远远地坐在一处土丘上，而布兰珈和其他几匹狼正在攻击一头挑中的小母牛，要把她“逼出来”。但是牛群紧紧挨着，牛头朝外，在敌人面前摆开一条牛角阵线，简直固若金汤；不料有一头牛被狼群的新一轮进攻吓破了胆，直往牛群腹地里退。于是狼群抓住这难得的机会，终于咬伤了那头小母牛，可她并没有趴下。洛波显然对手下失去了耐心，他从土丘上立起身，喉咙里发出一声低沉的怒吼，朝着牛群冲过来。惊慌失措的牛角阵应声溃散，他便飞身跃入牛

Ernest Seton-Thompson

群，牛群如炸开的弹片般四散奔逃。那头小母牛还没跑出二十五码远，就被洛波扑住。他紧紧抓住小母牛的脖子，用足气力往后一扯，将牛重重摔在地上。那一摔肯定猛极了，因为小母牛一下子四蹄朝天，就连洛波自己也没站稳，摔了个跟斗，但他随即翻身而起。他的部下同时杀到，一眨眼工夫就将这头可怜的小牛杀死了。洛波并没有参与杀戮，只是将小母牛掀翻在地，仿佛对手下说："你们哪，为什么没有一个能立刻搞定，非要浪费那么多时间？"

这时候，那牛仔高喊着骑马过来，狼群像往常一样退走了。那人取出随身带的一瓶马钱子碱，迅速在小牛尸首上下了三处毒，便走了。他知道那些狼会回来继续吃牛，因为那是他们自己杀的。他满心以为会看见狼群中毒而亡，可是第二天早上，当他返回原地，却发现虽然那些狼吃尽了牛肉，但下毒的那几处都被小心地撕下来，抛在一边。

过了一年又一年，这匹了不起的狼令牧人们越来越恐惧，捉拿他的赏格也越来越高，最后竟然提高到了一千美元，这样高的捕狼赏金真是闻所未闻，就算是捉拿人犯，好多人犯的赏金还不如他的呢。有个名叫坦纳瑞的得克萨斯牧人，受这笔赏金的鼓舞，有一天骑马来到喀伦坡河谷。

他的捕狼装备齐全得很——快枪、好马，外加一群大狼狗。他曾带着这些狗，在西弗吉尼亚的平原上杀过很多狼。而现在他坚信，不出几天，老洛波的脑袋就该挂在他的鞍桥上了。

一个夏天的黎明，他们迎着灰蒙蒙的晨曦，勇士般地出猎去了。不一会儿，那群伶俐的狼狗就用兴奋的吠声告诉主人，他们已经寻觅到猎物的踪迹。没走出两英里，这群蠢蠢欲动的喀伦坡灰狼就已跃入猎人的视野，疾速而激烈的追捕开始了。狼狗的任务只是牵制住群狼，由猎人驱马赶到后将狼击毙。这一招在得克萨斯地势平坦的原野上十分奏效，但此时却受到本地地形的限制，可见洛波是多么善于选择领地。原来，喀伦坡河谷山石嶙峋，无数支流又将一片大草原分割得支离破碎。老狼立即奔向最近的一条支流，渡河之后便将猎人甩远了。而他的部下则四散撤退，猎狗只得分散追赶，当狼群跑出一段后重新会集，猎狗自然无法到齐，狼群便扭转了数量上的劣势，掉过头来扑向猎狗，把他们一一咬死或咬成重伤。当天晚上，坦纳瑞检点猎狗，发现只回来了六条，其中两条还被撕得稀烂。那猎人又发起两次进攻，试图拿下狼王的脑袋，但结果都没比第一次好到哪里去，而最后那次，连他最心爱的马都摔死了。他一气之下放弃追猎，回得克萨斯老家去了。于是洛波在这一带愈加为所欲为了。

第二年，又来了两个猎人，非要赢那笔赏金不可。他们自以为一定有办法消灭这匹威名赫赫的灰狼，一个是要用从来没人试过的方法来投放一种从来没人用过的毒药；另一个是法裔加拿大人，除了投毒，他还要用某种符咒，因为他认定洛波是个“老狼精”，不可能用普通的手段来消灭他。然而，无论是巧妙配制的毒药，还是画符念咒，对那匹作恶多端的老狼全不起作用，他还是和往常一样，周周四处巡视，日日大吃大喝，没过几星期，乔·卡隆和拉洛谢便无计可施，去别处打猎了。

乔·卡隆的捕狼行动失败之后，又在一八九三年春天遇到一件丢脸的事情，从这件事上可以知道那匹大狼极其自信，根本没把对手放在眼里。乔·卡隆的农场坐落在喀伦坡河的一条小支流旁，就在这风景如画的河谷里，在离卡隆家不到一英里的地方，老洛波两口子选了窝，安了家。他们在那儿住了整整一个夏天，把乔的牛啊羊啊狗啊杀了不知道多少，一面却安安稳稳地躲在山崖洞穴里，嘲笑乔投放的毒药和布下的机关。而乔绞尽脑汁地想用烟把他们熏出来，用火药炸他们，可没一次成功的，他们总是能全身而退，又和以往一样为非作歹。“去年他就是在那儿待了整整一个夏天。”乔指着一面山崖说，“我对他一点办法都没有。在他面前，我就是个十足的笨蛋。”

二

以上这些故事都是从牛仔那里收集来的，我从来都不愿相信。到了一八九三年秋天，我认识了这个狡猾的盗贼，最后比任何人都了解他，直到那时我才终于信了这些故事。几年前，当爱犬宾果还在我身边的时候，我是个捕狼的猎人，但是之后我就换了职业，被拴在了写字台边。我非常希望换换环境，因此，当一个朋友——他在喀伦坡有一个牧场——请我去新墨西哥州，看看能不能对付那群恶狼，我就一口答应了。我一心想着快点见识见识那狼王，便立刻赶到那里的山地。我一有空就骑着马四处转悠，熟悉地形，为我带路的向导时不时会指着一具牛骨架子，上面还挂着些皮肉，告诉我说："这就是他的杰作。"

现在我明白了，在这样一片崎岖的山地，要借狗和马来逮住洛波，简直是痴心妄想，只有毒药和机关才可能奏效。我们还没有足够大的捕狼机，于是我开始用起了毒药。

没必要把我对付这"老狼精"的几百种方法一一详述：只要是马钱子碱、砒霜、氰化物或氢氰酸以及这些毒

药的各种混合物，没有哪一种我没用过；只要是可以拿来做诱饵的肉，没有哪一种我没试过。但是，一个又一个早晨，当我策马前去查看结果，却总是发现我的努力完全落空。这条老狼太狡猾，我真不是他的对手。举个例子就能说明他有多精明。有一次，我照一位老猎人传授的方法，将一些奶酪跟一头刚宰杀的小母牛的腰子上的肥肉混在一起，放在一个瓷盘里炖烂，再用一把骨头做的刀子切开，免得沾上金属味。等这盘奶酪拌腰子凉了，我把它切成块，在每一块的一面上挖了个小洞，又将密不透味的马钱子碱和氰化物胶囊塞进那些小洞里，最后用奶酪封口。在整个制作过程中，我都戴着一副浸透了小母牛血的手套，而且面对那食饵连大气都不敢出。一切就绪之后，我把食饵放进一个涂满牛血的生皮口袋，又在一根绳子的一头系上牛肝和牛腰，骑马一路拖着走。我就这样绕了一个十英里的圈子，每走四分之一英里，就抛下一块饵，自始至终都万分小心，绝不用手去碰一碰。

通常，洛波会在一个星期的头几天来到这个地区，而后面那几天则可能在格朗迪山脉一带度过。那天正是星期一，就在当天晚上我们

将要睡觉的时候，我听见了狼王陛下那低沉的嗥叫。有个伙伴一听见这声音，便说：“他来了，等着瞧吧。”

第二天早晨，我迫不及待地赶去查看结果。我很快就发现了那伙强盗刚留下的爪印，领头的正是洛波——他的爪印总能被一眼认出。一匹普通的狼，前爪长四英寸半，大些的则长四又四分之三英寸；而洛波的呢，大家量过好多次，从爪尖到后跟，足有五英寸半。后来我发现，他身体的其他部分同样巨大，站立时，从脚到肩高将近三英尺，体重近一百五十磅。因此，尽管他的爪印被跟在后面的狼踩模糊了，却不难找到。显然狼群很快就发现了我拖食饵的痕迹，并像往常那样一路跟踪。我看得出洛波曾到过第一块食饵的位置，最终把它带走了。

这时候我真是控制不住喜悦之情。“到底被我逮住了！”我欢呼起来，“不出两英里我准能见到他硬邦邦的尸首！”我继续策马而行，急切地盯着尘土上又宽又大的爪印。爪印一直延伸到第二块食饵旁，这块食饵同样也不见了。我别提多兴奋了——真的被我逮住了，或许还能捉到其他几匹狼呢。但是，宽大的爪印依然往前延伸，而我站在马镫上，扫视整个平原，却并没有发现任何死狼的迹象。我只得继续循迹追踪——第三块食饵也不见了——狼王的爪印到达了第四块食饵，直到此时我才明白，他根本没有吃掉任何食饵，而不过是叼在嘴里罢了。接着，他把那三块食饵堆在第四块上，又在它们上面撒了泡尿，表示他多么瞧不起我这区区伎俩。然后，他才离开了我抛食饵的路线，带领着被他严密守护的狼群，做自己的事情去了。

这只是其中的一次经历，类似的情形还有许许多多，这使我确信，毒药是无论如何消灭不了这个强盗的。但是，我一边等待捕狼机运到，一边仍然没有停止使用毒药，那不过是因为，对付草原上的普通狼和其他害人精，下毒还是极其有效的。

大约就在这个时期，我又观察到一件事情，说明洛波是多么老奸巨猾。这些狼发起的所有追踪里至少有一种是纯粹为了取乐，那就是他们会攻击羊群，咬死羊却并不吃羊。一群羊通常有一千到三千头，由一个或几个牧人看管。夜里，他们集中在附近最隐蔽的地方，羊群的每一边都睡着一个牧人，以加强戒备。羊是一种很没头脑的动物，再小的骚动都会让他们惊慌失措，但他们天性中有一种——也许是唯一一种——根深蒂固的弱点，那就是永远跟随领袖。牧人就利用这个弱点，在羊群中放上五六头山羊。对于这些长胡子的表亲，羊群很佩服他们的聪明才智，因此每当响起夜间警报，他们就聚拢在山羊周围，这才没有被冲散，保住了性命。但情况也并非总是如此。去年十一月下旬的一天夜里，两个佩利科牧人被狼的突袭惊醒。羊群挤在几只山羊周围，那些山羊可既不愚蠢又不胆怯，他们站稳脚跟，临危不惧的样子。但这回啊，领头来攻击他们的可不是什么普通的狼。牧人知道的事情，狼王老洛波也明白，山羊正是羊群的精神支柱，于是他飞速跃过层层叠叠的羊群，直扑向那些头羊，没几分钟就把他们全干掉了，一下子，那不幸的羊群四散奔逃。之后的几个星期，我每天都会碰见牧人心急火燎地问我：“你这几天有没有看见过带 OTO 标记的走失的羊？”我只好说看见了，而有一次我说“看见了，在钻石泉那儿有五六头死羊”，还有一次我说的大概是，在玛尔佩山上见过一小群，或者就说“没见过，不过两天前胡安·梅拉在塞德拉山见过二十头刚被咬死的羊”。

捕狼机终于运到了，我找了两个人帮忙，花了整整一个星期才把它们安装好。我们不辞辛劳，任何有助于提高成功率的办法，凡是我能想到的，通通用了上去。布置下机关的第二天，我骑马巡察，很快发现了洛波在每架捕狼机旁留下的爪印。我从尘土中的这些印迹看出了那天晚上他的全部活动。他在夜色中奔跑，立刻找到了一架捕狼机，虽然那些机关藏得那么当心。他让狼群停下，小心翼翼地扒弄着四周的泥土，最后把机关、链条、木桩都掘了出来。捕狼机完全暴露出来，弹簧却还原封不动地绷着，他就那么扬长而去，并用相同的方法处理了另外十几架捕狼机。不一会儿我又发现，他一旦察觉小径上有任何可疑迹象，就会立即停下，转到一边，于是一个制服他的新方案在我脑海中浮现。我把捕狼机布置成H形，在小径两边各放置一排机关，然后在小径当中放置一架机关，仿佛H中间的一横。可没过多久，我就发现这个方案还是失败了。洛波一路跑来，完全进入那两排机关中间了，可他偏偏察觉了当中那架机关，并且及时停下脚步，我真不明白他为什么能、怎么能有所察觉，一定是野兽守护神在保佑他。他寸步不偏，慢慢沿原路返回，每一步都谨慎地恰好踏着自己的爪印，最后退出了危险地带。接着他闪到一边，用后腿使劲扒弄土块和石头，把所有捕狼机的弹簧全部触发。这一招他用

了很多次，虽然我变换手段，加倍小心，可还是瞒不过他，他的心计似乎无往不胜。要不是后来毁于一场不幸的联姻，也许他会继续那巧取豪夺的生涯。有许多英雄，独来独往时总是所向披靡，却都因亲密伴侣的轻率而丢了性命，洛波的名字最后也登上了这长长的英雄榜。

三

有一两次，我发现一些迹象说明喀伦坡狼群有点不大对劲。我觉得情况不正常，比如显然有一匹个头较小的狼时不时跑在最前头，我不懂怎么会这样，后来是一个牛仔告诉了我原因。

“今天我看见他们了，”他说，“四处乱跑的那只狼是布兰珈。”这下我全明白了。我说：“看来布兰珈是母狼，因为，要是那么干的是匹公狼，洛波早把他除掉了。”

这让我又想到了一个办法。我杀了一头小母牛，在尸体周围放置了一两架很容易被发现的机关。然后把牛头割下来——那是件废物，狼根本不会注意的。我把牛头搁在不远处，周围布置下六架强力的钢质捕狼机，将气味去除干净，藏得极其隐蔽。操作过程中，我的双手、靴子和工具都抹了新鲜的牛血，然后又在地上洒了些牛血，伪装得像是从牛头

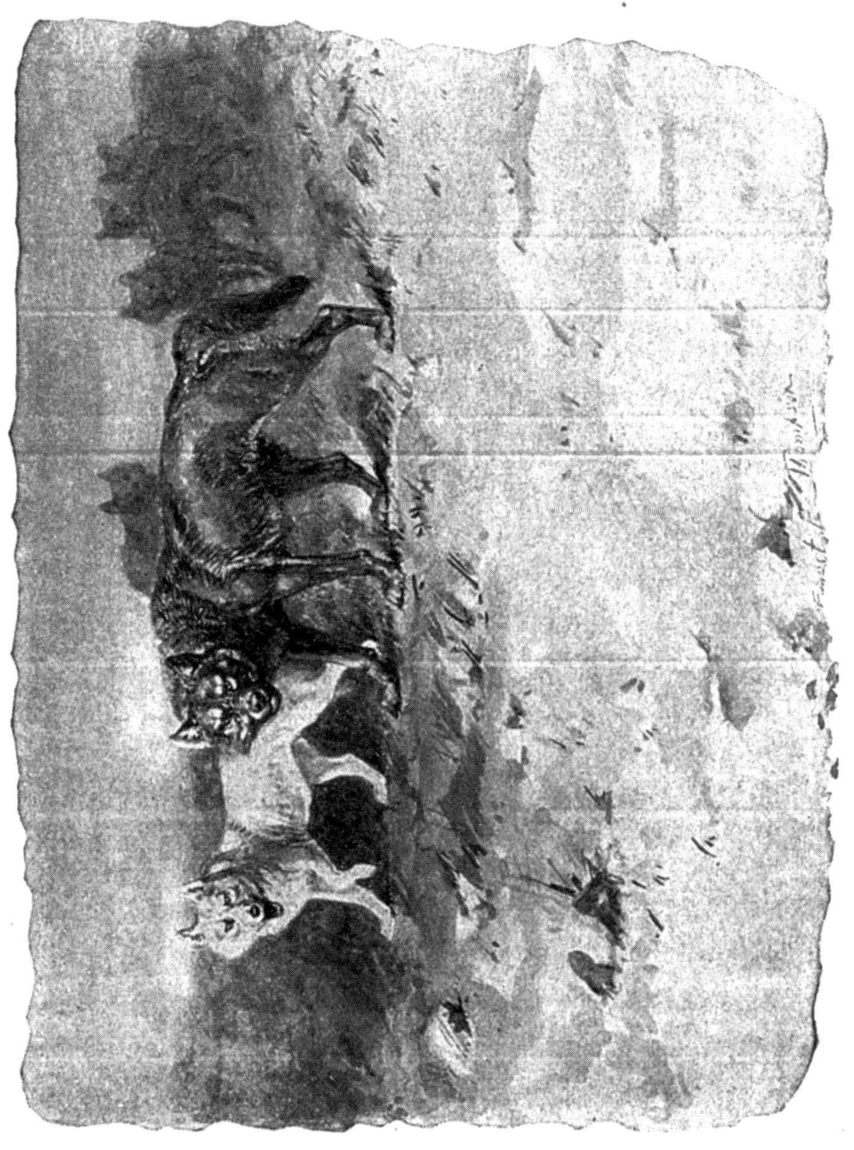

上淌出来的。把捕狼机埋在土里之后，我用一头土狼的皮把这地方扫了一遍，再拿土狼爪子在捕狼机上踩下一些印迹。牛头靠近一堆杂草。而在两者之间的狭窄通道上，我又埋了两只最有力的捕狼机，把它们系到了牛头上。

狼有一个习惯，一闻到尸体的气味，就算不想吃，也会凑上去看个究竟，我正是希望利用这个习惯，引诱喀伦坡狼群进入我新布下的这个圈套。我毫不怀疑洛波会察觉到我在牛肉上做的动作，他不会让狼群靠近它，可我寄希望于那个牛头，因为它看上去就像是被丢弃在一边的废物。

第二天早晨，我兴冲冲地前去查看那些捕狼机，哈哈，太棒了！到处都是那狼群的脚印，牛头和它周围的捕狼机却不见了踪影。我匆匆检查了那些脚印，发现洛波不让狼群接近牛肉，但是显然有一匹小狼跑去看扔在一边的牛头，不偏不倚正好踩上了一架捕狼机。

我们顺着爪印追踪而去，没跑出一英里，就发现那匹倒霉的狼正是布兰珈。她一路狂奔，虽然拖了个足有五十磅重的牛头，但还是把我们这些步行的人甩下老远。不过，当她跑上山岩的时候，我们终于赶上了她，因为牛角给挂住了，她脱不了身。我从来没见过她这么美的狼，浑身毛色油亮，近乎雪白。

她转过身来，准备决战。她高声召唤同伴，那长长的啸声在河谷间回荡。只听见远处山中传来一声低沉的回答，正是老洛波的声音。这是布兰珈最后的呼喊，因为我们正在向她逼近，她必须集中起全副精神，拼死做最后一搏。

悲剧不可避免地上演了，事后我回想起来，总是不由得胆战心惊。我们每个人都对准这匹死到临头的白狼扔出一根套索，缠住她的脖子，然后分别朝不同方向策马。她嘴里喷出鲜血，目光呆滞，四肢僵硬，终于瘫软在地。我们这才住手，带着死狼，骑马凯旋。这是喀伦坡狼群所遭受的第一次重创，真叫我们喜出望外。

在悲剧发生的时候，在我们骑马回家的时候，一直能听到洛波的嗥叫，他正在远处的山间徘徊，似乎在寻找布兰珈的下落。他绝对没有抛下她不管，但是，当他看见我们走近，无法摆脱对枪的深深恐惧，他知道自己救不了

她。那天，我们听见他一直没有停止过搜寻和哀号，最后我对一个同伴说："看来可以肯定了，布兰珈和他是一对。"

夜幕即将降临，他似乎正走向安家的河谷，因为他的叫声听上去越来越近。那声音无疑充满悲伤，不再是嘹亮、无畏的嗥叫，而是悠长、痛苦的哀号。"布兰珈！布兰珈！"他仿佛正在一声声呼唤。那天夜里，我发现他正在我们追上她的那个地方附近。最后他似乎找到了她的足迹，当他来到我们杀死她的地方，那心碎的哀号简直让人不忍心听。我想不到他竟会那么悲痛。就连那些硬心肠的牛仔也听出来了，都说："从来没听见过狼会这样叫。"他似乎已经明白了事情的经过，因为那儿到处沾染了她的鲜血。

然后，他沿着马蹄印，一路找到牧场小屋前。我不知道他究竟是想寻找布兰珈，还是想替她报仇，后来发现，他是报仇来了，因为他惊动了待在屋外的那条倒霉的看门狗，并把他撕成了碎片。这就发生在我们门外不到五十码的地方。显然他这次是单独行动，因为第二天早晨，我只发现一匹狼的脚印。他狂奔而来，

毫无顾忌，这样的情况发生在他身上，真是不同寻常。之前我估计到他会来，所以事先在牧场周围加设了一些捕狼机。后来我发现，他的确踩到过其中一架，只不过他仗着力气大，挣脱出来了，还把捕狼机丢到一边。

我相信他一定会再回到这一带来，不找到她的尸体，他是不会罢休的，因此我要集中全副精神，趁他还没有离开这个地区，趁他因悲伤而无心顾及其他之际，一举把他捉住。这时候我想到，真不应该杀掉布兰珈，如果利用她做诱饵，说不定第二天夜里就能把他逮住。

我尽量把所有的捕狼机都搜罗来，一共有一百三十架，都是钢质的，非常结实。我将它们四架一组，布置在通往河谷的每一条小径上。每一架捕狼机都系在一根木桩上，每一根木桩都单独埋进土里。埋木桩的时候，我非常谨慎地把草皮移开，又把挖出来的每一块泥土都放到毯子里，这样等草皮重新铺好，一切就绪，就根本看不出人为搬动过的痕迹。藏好了捕狼机，我又拖着布兰珈的尸体，在每个地方都走了个遍，还绕着牧场转了一圈，最后我砍下她的一个爪子，在每一个捕狼机上都打下一串脚印。我把能想到的所有计策和预防措施都用上了，一口气干到很晚才睡下，只等最终的结果。

那天夜里，我似乎听见过老洛波的动静，但不能肯定。第二天我骑马去四处查看，可还没来得及看遍河谷北部，天就黑下来了，我也没有什么发现。吃晚饭的时候，一个牛仔告诉我说："今天早上，北面河谷的牛闹得很凶，大概是那儿的捕狼机逮到什么了。"直到第二天下午，我才赶到牛仔说的那个地方，正往出事的地方走，只看见一个高大的身影从地上挣扎着起来，企图逃走，却被捕狼机结结实实地夹住了。原来站在我面前的正是喀伦坡狼王洛波。可怜的老英雄，他一刻不停地寻找着心上人，一看见她尸体留下的痕迹，就不顾一切地追踪着，最后落入了等待着他的陷阱。现在他就倒在那儿，被四架捕狼机牢牢扣住，孤立无援，而他四周的地上，布满了牛蹄印，可见牛群曾将他团团围住，羞辱这个落魄的暴君，却又没胆量逼近到他够得着的地方。他在那里待了整整两天两夜，苦苦挣扎，此刻已精疲力竭。而当我走近他的时候，他还是一跃而起，耸起鬃毛，扯开嗓子，迸发出深沉的嗥叫，这是他最后一次令山谷震动。那是呼救的叫声，召唤他的同伴。可是听不见任何回答，他被彻底抛弃了。这时他用尽全身的气力转过身，作势拼命向我扑来。没有用，那四架无情的捕狼机，每一架都有三百磅以上的力量。他被死死拖住，每条腿都被巨大的钢齿咬住，而沉重的木桩和链条紧紧缠绕在一起，他是一点办法也没有了。他用白牙去啃那些冷酷的铁链，我壮起胆子用枪托碰他，他就在枪托上留下了齿印，那印子直到今天还在。他那双绿色的眼睛喷射出仇恨的怒火，牙齿“咔嚓咔嚓”狠狠地咬着，试图抓住我和那匹浑身乱颤的马。但是他已经又累又饿，而且失血过多，终于瘫倒在地上。

正当我准备为他犯下的种种罪孽，给他以应得的报应的时候，却突然产生了一种良心受到责备的感觉。

“你作恶多端，罪行滔天，你是显赫一时的草莽英雄，但用不了一会儿，你就会变成一大堆腐肉。再也没有其他可能了。”然后，我挥舞套索，“嗖”的一声朝他头上扔去。可事情哪有那么容易，他哪里就肯俯首称臣，没等那柔韧的套索落到脖子上，他就猛力咬住，把那又粗又硬的绳子咬成两段，抛在脚前。

当然，我还可以用枪作为撒手锏，但我不想损坏他那张宝贵的皮，于是我骑马跑到营地，带了一个牛仔和一副新套索回来。我们朝这个俘虏扔出一根木棍，他一口用牙齿咬住，趁他还没来得及吐掉，我们的套索已经“嗖”地飞出去，紧紧箍住了他的脖子。

他的眼睛仍然闪烁着凶光。我高声喝道：“别忙，不要杀了他，我们把他活捉到营地去。”他已经用尽了力气，因此我们没费什么劲就把一根粗木棍塞进他嘴里，塞到牙齿后面，然后用一根粗绳子绑住他的嘴，再把绳子系在木棍上。这样，木棍拉紧了绳子，绳子又缠住了木棍，他就没法再伤人了。他感到自己的嘴被绑住，便再也不抵抗了，一声不吭，只是平静地看着我们，仿佛在说："到底被你们逮住了，要杀要剐随你们的便吧。"接下来，他就连正眼都不看我们了。

我们把他的脚牢牢捆住，而他却一声不哼，也不叫唤，连头都不转一下。我们一起用力，这才把他抬到马背上。他呼吸均匀，仿佛睡着了一般，眼睛又变得明亮清澈了，可就是不往我们这边看。他的目光落到远处那一片起伏的山脉，那曾是他统治的王国，是他率领狼群出没的地方，可现在那鼎鼎大名的狼群已经东离西散。他就那么望着，直到最后马下坡进入山谷，山岩隔断了他的视线。

我们慢慢走着，顺利到达牧场，然后给他戴上项圈，锁上一根很粗的铁链，拴在牧场里的一根桩子上，这才解开他身上的绳子。这时候我才第一次有机会把他仔细打量一番。事实证明，人们关于英雄或暴君的传说往往并不属实。他的脖子上并没有什么金项圈，肩膀上也没有什么表示他和魔鬼结盟的反十字。不过，我的确在他腰部的一侧发现了一大块伤疤。大家都说，那是被坦纳瑞的狼狗头领裘诺咬的，可紧接着裘诺就被他摔死在河谷的沙地上了。

我把水和肉食放在他跟前，可他不加理睬。他就那么安安静静地趴着，金色的眼睛坚定地越过我，凝望着河谷的入口，凝望着那片辽阔的原野——属于他的原野，就连我碰他，他都一动不动。太阳落山了，他还是眺望着草原。我以为他会在夜幕降临后把同伴召来，所以做好了准备；可是，既然他已经在走投无路的时候叫过他们，他们谁也没有来，现在他当然不会再呼唤他们了。

据说，当狮子筋疲力尽，当雄鹰失去自由，当鸽子被夺走伴侣，他们都会心碎而死，那么有谁敢说，眼前这个强盗能够同时扛住这三重打击而无动于衷呢？这一点，只有我才知道，因为当曙色重返大地，他依然静静地趴在那里，毫发无损，但灵魂已经消失——老狼王死了。

我取下他脖子上的铁链，一个牛仔帮着我，把他抬进放着布兰珈尸体的小屋，安放在她的身边。那牛仔大声宣布："来吧，你要找她，现在你们又团圆了。"

泉水地的狐狸

一

一个多月以来，母鸡总是在神秘失踪，当我回到泉水地过暑假的时候，找出母鸡失踪的原因就成了我的任务。这项任务很快就完成了。那些鸡都是在离开鸡舍之后到返回鸡舍之前消失的,每次一只,这就把邻居和流浪汉排除了;她们不是在高处被捉去的，因此罪犯不会是浣熊或猫头鹰;也没有被吃了一半就被丢下，因此黄鼠狼、臭鼬和水貂都是清白的。这样，承担罪名的只剩下了狐狸。

河对岸就是爱林代尔的大松树林。我仔细搜索低处的浅滩，发现了几处狐狸的踪迹，以及一根带条纹的羽毛，那是从我们家的普利茅斯岩鸡身上掉下来的。我继续沿着

堤岸往高处爬，想找到更多的线索，突然听见身后传来乌鸦的聒噪声。我转回头，看见几只乌鸦正向浅滩俯冲过去。定睛一看，原来是贼捉贼的老把戏：浅滩中央有一只狐狸，嘴里叼着什么东西——正是从我们院子里偷来的母鸡；而乌鸦呢，虽说他们自己就是厚颜无耻的强盗，却总是头一个大喊“捉贼啊”，然后立刻去瓜分赃物，拿走一份“封口费”。

现在他们又在使这招了。狐狸要想回家，就必须过河，不得不把自己暴露在乌鸦大盗的攻击之下。他往前冲，如果我不参战，他完全可以带着猎物顺利过河，可他却突然扔下还活着的母鸡，消失在树林里。

这样有规律地大量寻觅食物只能说明一点，他家有一窝小狐狸。于是，找到他们就成了我的下一个目标。

那天晚上，我带着猎狗“拦截”过河进入爱林代尔树林。猎狗一开始转圈子，我们就听见旁边林木茂密的峡谷里传来狐狸短促尖利的嗥叫。“拦截”一下子冲出去，沿着强烈的气味，笔直地往前搜索，直到最后，吠声进入远处的高地，再也听不见了。

大约一个小时之后，他回来了，气喘吁吁，浑身冒汗——正值炎热的八月天气，在我脚边趴下来。

可就在这时，狐狸的嗥叫声又响起来了，听上去仿佛就在跟前，于是猎狗再次冲了出去。

他向北面跑去，很快隐入夜色。起先，他的吠声像雾角一般响亮，渐渐低下去，越来越微弱，最后完全听不见了。他们一定是跑出去几英里了，因为我把耳朵贴在地面上，都听不见一点声音，而“拦截”的吠声即便在一英里之外，也都能听见。

我站在漆黑的树林里等着，耳畔只有水滴叮咚作响。

我以前不知道这附近还有泉水，在这样一个炎热的夜晚，这个发现真让人高兴。水声把我带到一棵橡树前，在那儿我找到了它的源头。我侧耳倾听，泉水仿佛在唱一支柔和甜美的歌，歌声中充满喜悦。

可是突然间，这一切被一阵低沉的喘息声和树叶的窸窣声打破了——“拦截”回来了。他已经筋疲力尽，舌头几乎垂到地上，吐着白沫，两肋上下起伏个不停，胸口和身体两侧的汗滴直挂下来。他屏住喘息，尽责地舔一舔我的手，便一下子瘫倒在落叶上，又喘息起来，那声音淹没了四周的一切动静。

可是，那诱惑人的狐狸叫声又响起来了，仿佛就在几英尺开外。这时候，我才恍然大悟，那窝小狐狸一定就在附近，而那两只老狐狸正轮流想把我们引开。

夜已经深了，我们动身回家，我确信问题就要解决了。

二

大家都知道这一带有一只老狐狸，还有他全家都住在附近，可是没人会想到他们居然离自己这么近。

这只狐狸有个外号，叫作“疤面”，因为他脸上有一道长长的疤，从眼睛一直延伸到耳朵后面。这道疤应该是某次追击兔子时撞到铁丝网上留下的，伤口愈合之后，长出了白毛，成为一个显眼的标记。

去年冬天，我遇见过他，对他的招数略知一二。那是一场大雪之后，我在外面射猎，穿过一大片开阔的田野，一直来到老磨坊后面的山谷边上。我抬头眺望那灌木丛生的山谷，看见一只狐狸正沿着另一边的山脊快步跑着，他的路线恰好和我的路线一致。我立刻一动不动地站住，连头都没有低下或者转一转，生怕任何举动都会吸引他的目光。等他一被山底的灌木丛遮住，我立刻跑下去，准备在另一头把他截住。我很快到达那里等着，可是狐狸并没有出现。经过一番仔细查看，我找到几处刚留下的狐狸踪迹，发现他已经跑出灌木丛，再顺着这些踪迹望去，只见老疤面正远远蹲在我身后，仿佛被逗乐了似的，正龇着牙笑呢。

我研究了他的踪迹，这才明白是怎么回事。我看见他的时候，他其实早已经看见我了，却像一个真正的猎人那样，假装什么也没发现，若无其事地走出我的视线，然后逃到我身后，乐呵呵地看着我的诡计胎死腹中。

到了春天，我又一次领教了疤面的厉害。我和一个朋友沿着公路步行穿越一片牧场，当我们走到离一座山脊不到三十英尺的地方时，看见山脊上有几块灰棕色的大石头。走近之后，我的朋友说："我觉得那儿的第三块石头看上去就像一只狐狸蜷伏着。"

可是我没有看出来。我们继续往前走，没走多远，忽然起了一阵风，吹在那石头上就好像吹在毛皮上似的。

朋友又说："准是一只狐狸，在睡觉呢。"

"我们马上就能搞清楚了。"我说着，就转回身去。可是，我刚迈出一步，那石头就跳起来——竟然是疤面——逃走了。牧场中央曾经着过火，留下一条宽宽的黑色地带，他蹿过去，钻进没被烧过的黄色草丛，蹲下身来，我们便再也看不见了。他一直在观察我们，只要我们还在那条公路上，他就不会动上一动。这件事之所以奇妙，倒不在于他的外形和颜色与石头和干草很相似，而是他知道自己像石头、干草，并且懂得利用这一点。

很快我们就查明，正是疤面和他的妻子维珊把我们的树林当成了家，又把我们的院子当成了粮草基地。

第二天清早，我们又去松树林搜索，发现了一个大土堆，是最近这几个月才刨起来的。一定是在哪儿挖了一个大洞，才会有这么个土堆的，可是附近并没有什么洞。大家都知道，一只聪明的狐狸在修筑巢穴时，会把第一个洞里挖出来的土都运出来，再挖掘一条隧道通向远处的灌木丛，然后把第一个洞口永久封闭——它太容易被发现了，而只从隐藏在灌木丛中的那个洞口进出。后来，我在小山丘的另一侧找到了那个真正的洞口，也找到了足够的痕迹，证明里面的确有一窝小狐狸。

在山坡上的灌木丛中，高耸着一棵空心的椴树。树身倾斜得十分厉害，根部有一个大洞，而顶上又有一个小洞。我们小时候常常利用这棵树玩“海角乐园”游戏，在松软的树干内壁上刻出台阶，在里面跑上跑下。现在它派上了用场。第二天，等太阳升高，天气很暖和了，我就爬到树洞顶上眺望，发现了就住在附近地洞里的那一家子。一共有四只小狐狸，好像小羊羔似的，浑身毛茸茸的，腿又粗又长，满脸天真的表情，再仔细看看他们宽宽的尖鼻子和犀利的眼神，又觉得这些天真的小家伙都打上了那只老狐狸的印记。

他们在游戏、晒太阳、玩摔跤，突然听见一阵轻微的声响，便都一下子躲到地下。可是这么惊慌完全没有必要，因为那是他们的妈妈。她从灌木丛中走出来，又带回一只母鸡——如果我没记错的话，这是第十七只了。她低低地叫唤了一声，小家伙们都滚了出来，然后展现在我眼前的是温馨的一幕，不过我叔叔见到一定不会高兴。

他们扑向那只母鸡，互相厮打着，他们的妈妈在一边喜滋滋地看着，同时也警惕着敌人的靠近。她脸上的表情非常特别，首先当然是洋溢着喜悦，但她固有的那种野性和狡猾的神气也显露无遗，其中又夹杂着残忍和紧张，不过总的来说，她流露出的无疑是母亲的骄傲和爱意。

我藏身的这棵树，根部被灌木丛遮住了，又比狐狸筑窝的小山丘低得多，所以我能够随意进出，不会惊动那些狐狸。一连好几天，我都去那儿，观察小狐狸是怎样接受训练的。他们早就学会一听见可疑的声音，就立刻呆住不动，如果那声音又来了，或者发现了其他可怕的情况，就立刻躲起来。

有些动物的母爱过于泛滥，反而会被别的动物利用。

维珊看上去却不是这样。她对孩子的爱表现出一种极度的残忍，因为她常常带活鸟、活老鼠回家，小心翼翼地有意不让他们受重伤，好让孩子们尽情地折磨他们。

山上果园里住着一只土拨鼠。他形象很丑陋，生性也一点不风趣，但他知道怎样把自己照顾得妥妥帖帖。他在一棵老松树桩的根中间挖了个窝，这样狐狸就没办法把他挖出来了。不过土拨鼠可不是靠辛勤工作活下去的，

他们相信足智多谋比埋头苦干更有意义。这只土拨鼠每天早上都要趴在树桩上晒太阳。如果他看见狐狸就在附近，便会下来挨着自家的洞口，而如果敌人实在离得太近，他便会钻进窝里躲起来，直到危险过去。

一天早晨，维珊和她丈夫大概是认为应该把土拨鼠的知识教给孩子们了，而果园里的那只土拨鼠正是一个好教材。因此他们俩偷偷来到果园的篱笆边上，土拨鼠趴在树桩上，没看见他们。然后，疤面现身了，在树桩前面稍远一点的地方笔直地跑过去，他没有回头，让警觉的土拨鼠以为自己并没有被发现。当狐狸走进田野之后，土拨鼠从树桩上悄悄下来，回到自己的洞口，等着狐狸走远，稍后

他还是认为谨慎更重要，于是钻进了窝。

而这正中狐狸下怀。维珊一直没有被土拨鼠看见，这时候她敏捷地跑到树桩后面隐蔽好。疤面还在慢慢地往前走。土拨鼠并没有被吓到，不久他就从树根中间探出脑袋，四下里张望，只见那只狐狸已经越走越远。土拨鼠愈加大胆了，又出来一点，发现狐狸已经不见踪影，于是他干脆爬回到树桩上。不料维珊一跃而出，将他扑住，又使劲甩几下，土拨鼠昏了过去，疤面一直在用眼角的余光观察着一切，现在他跑了回来，但维珊已经叼着土拨鼠往家的方向走去，他就知道用不着自己出手了。

维珊一路上都很小心，当她回到窝里的时候，那只土拨鼠还能挣扎几下。她低低地"呜"了一声，小家伙们立刻窜出来，就像一群冲出来玩耍的小男生。她把受伤的猎物扔到他们面前，他们猛扑上去，奶声奶气地咆哮着，稚嫩的牙齿用力地撕咬。可是，土拨鼠奋力挣扎，把他们赶开，蹒跚着朝灌木丛移动。小狐狸像猎狗一样追上去，要拖土拨鼠的尾巴和两胁，却没办法把他拽回来。于是维珊跳过去，把他拖回到空地上，让孩子们继续来想办法对付他。这残忍的游戏玩了一遍又一遍。最后，一只小狐狸被狠狠咬了一口，疼得乱叫，维珊便上去让土拨鼠彻底解脱，成了小狐狸的美餐。

离狐狸窝不远，有一片杂草丛生的凹地，那里是田鼠的领地和游乐场。小狐狸们要离家学习树林生存技巧，他们的初级训练就是在这片凹地上完成的。训练内容是最基本的技能——捕捉田鼠。教学主要以示范方式进行，同时发挥作用的还有狐狸的本能。老狐狸也会经常运用一些动作分别表达“趴下”“看好”“跟我做”之类的意思。

一个没有风的夜晚,这快乐的一家子来到这片凹地上。狐狸妈妈让孩子们在草丛里趴好。不久，传来一阵轻微的声响，是猎物出动了。维珊站起身，踮着脚尖走进草丛深处，她没有蹲下来，而是尽量直起身子，甚至抬高前肢，以便看得更远更清楚些。田鼠跑动的路线隐藏在杂草底下，只能根据草的细微摆动来判断他的行踪，所以只有在没有风的时候，才能捉到田鼠。关键是找准田鼠的位置，不等看清他便迅速出击。很快维珊猛地一扑，抓住一蓬枯草，其中果然有一只田鼠正发出最后的哀号。

一眨眼工夫，这只俘虏就被吞了个干净，然后，四只小狐狸也学着妈妈的样子，开始笨拙地捕猎。终于，最大的那只平生第一次捕到猎物。他激动得浑身颤抖，用珍珠般的小乳牙插入田鼠的身体，那种与生俱来的残忍野性，一定让他自己都吓了一跳。

接下来的家庭教育是捕捉红松鼠。红松鼠都是些吵吵

Ernest Seton Thompson

嚷嚷的乡巴佬，他们附近就住着一只，每天都会蹲在敌人到不了的地方骂狐狸。小狐狸总是想抓住他，却没有一次成功的，只能眼睁睁地看着他从一棵树跳到另一棵树，穿越林间空地，不然就是在他们头顶上唾沫横飞地骂骂咧咧，可偏偏差了那么几英尺，无论如何够不着他。不过，老维珊却是在自然历史里泡大的，她对松鼠的天性了如指掌，当时机成熟，她就会把他一举搞定。她让孩子们躲好，自己则在空地中央躺下。那只笨头笨脑的松鼠果然又来了，和往常一样开口便骂。但是维珊纹丝不动。松鼠靠近了些，最后干脆就在狐狸头顶上聒噪着："畜生！你这畜生！"

维珊还是不动，死了一般，这可有点叫松鼠摸不着头脑了。他从树上爬下来，看看四周，慌慌张张地穿过草丛，爬上另一棵树，然后又开始骂起来："畜生！你这没能耐的畜生！疤——疤——疤！"

可是，维珊依然倒在草地上，好像断气了。松鼠按捺不住好奇心，他们可是天性就喜欢冒险。于是他再次爬到地面，飞快地穿越空地，这次离狐狸更近些了。

还是不见维珊有任何动静。“她肯定已经死了。”就连小狐狸们也开始怀疑妈妈是不是睡着了。

而松鼠的好奇心越来越重，行动也越来越鲁莽疯狂。他扔下一块树皮，击中了维珊的脑袋，又把他所知道的脏字眼都骂了出来。可是，这样的挑衅重复多次之后，还是没发现狐狸露出一丁点活气。他又连续几次穿越空地，离维珊越来越近，终于，那只时刻保持警惕的母狐一跃而起，以闪电般的速度将松鼠捉住。

“小家伙们把骨头都啃干净了，哦哟！”

基础教育就此完成。当他们逐渐长大，更加强壮了，父母就带他们走得更远，开始学习追踪足迹和气味的高级课程。

对于每一种猎物，他们都学习了一种捕猎方法，因为每一种动物都有各自的特长，不然他们就无法生存，同时，

也都有各自的弱点，不然别的动物就无法生存。松鼠的弱点就是愚蠢的好奇心，而狐狸的弱点则是不会爬树。小狐狸接受的训练，就是如何更加巧妙地运用他们的特长，利用其他动物的弱点，来弥补自己的不足。

他们从父母那里学到了狐狸世界的重要原则。是怎么学会的，可说不清楚，但毫无疑问，他们的确是在父母的身教之下掌握了这些原则。以下几条就是狐狸教给我的，当然，不是通过语言：

千万不能在你自己的足迹上睡觉。

你的鼻子长在眼睛前面，所以要先相信鼻子。

傻子才顺风跑。

溪流能解决许多问题。

能隐蔽，千万别暴露。

能绕圈子，千万别直行。

陌生的东西都是敌人。

水和尘土能消除气味。

千万不能在有兔子的树林里捉田鼠，也不能在母鸡场里捉兔子。

别碰草丛。

这些原则的意义已经深深刻进小狐狸的脑海，因此最明智的做法是：如果你嗅不出气味，就不要跟上去，因为如果你嗅不到对方，那就说明风向一定让对方嗅到了你。

这片树林中每一种鸟兽的知识，他们都一点一点学会了，而当他们能够跟着父母走出家门口这片树林之后，又了解了更多的动物。他们开始觉得自己已经掌握了所有动物的气味。可是一天晚上，维珊把他们带到一片田野里，只见地上有一件扁扁的黑色东西，他们从来没见过。她带他们过来就是为了让他们嗅一嗅这件东西。鼻子一闻到那气味，他们立刻毛发倒竖，浑身颤抖，却不知道是为什么——那气味仿佛令他们血液沸腾，心中充满本能的憎恨和恐惧。妈妈见达到了预期的效果，便告诉他们说：

“这就是人的气味！”

三

母鸡还在失踪。我没有暴露那窝小狐狸。说实在的，比起那些母鸡来，我更在意那群小坏蛋。可是叔叔却气急败坏，还把我的树林知识贬得一钱不值。为了让他高兴，有一天我带上猎狗进入树林，来到一片开阔的山坡，然后找到一个树桩坐下来，让猎狗继续前进。不出三分钟，就听见他高声吠起来，每一个猎人都明白他的意思是：“狐狸！狐狸！就在下面山谷里。”

不一会儿，我就听见他们过来了。果然是疤面！只见他轻捷地穿过河滩，跳进溪流，沿着岸边的浅水奔出两百码，然后跳到岸上，径直朝我这边跑来。虽然视野并无任何遮挡，可他还是没有看见我，只顾往山上跑，不时回头看看猎狗的动向。当跑到离我十英尺远的地方，他停下来，转过身背对着我蹲下，伸长脖子，仿佛急于了解猎狗在做什么。“拦截”一边叫，一边沿着狐狸的足迹追过来，最后来到溪流前，可是溪流已经消灭了所有的气味，“拦截”不知所措地在岸边徘徊，他能做的只有一件事——在溪流两岸上上下下地搜寻，找到狐狸是在哪儿上岸的。

近在我眼前的这只狐狸微微调整了一下姿势，以便看得更清楚些。他观察着猎狗的移动，仿佛带着一种人类才有的兴趣。他离我太近了，当猎狗进入视野的时候，我能

看见他肩上的毛发都竖起来了。我能看见他的心脏在胸前起伏，眼睛里射出黄色的光芒。他成功地利用溪流挡住了猎狗，那副得意的模样真叫人看了发笑：只见他高兴得都坐不住了，不停地颠着身子，还高高抬起前肢，为了更清楚地看看猎狗是怎么团团转的。他张大嘴巴，都快咧到耳朵根了，重重地喘了几口气，那并不是因为呼吸急促，而是在大笑，就像狗笑的时候也会露出牙齿，呼哧呼哧地喘气。

这边，老疤面兴奋得浑身乱动，那边，猎狗却为了寻找狐狸的气味而不知所措。过了很久，他才终于找到，但是那气味已经非常微弱，根本没办法跟踪，连向主人报告都不必了。

一看见猎狗向山上跑来，狐狸便悄悄地躲进树林。在这前后二十分钟里，我就坐在十英尺之外的地方，把他看得一清二楚，由于风向对我有利，而且我一动不动，所以狐狸没有发现我，他不知道自己的身家性命曾经就捏在他恐惧的敌人手里。“拦截”也差点像狐狸那样，毫无察觉地从我面前走过，但我叫住了他。他吓了一跳，便放弃追踪，温顺地在我脚边躺下来。

这样的小喜剧接连上演了几天，每天都有小小的不同，但从河对岸的房子那里看过来，一切都尽收眼底。母鸡还在失踪，叔叔终于失去耐心。他亲自出马，守在山丘的开阔地上。当老疤面步履轻快地跑近，看着那只迟钝的猎狗在下面的河岸边逡巡，露出胜利的笑容，叔叔便毫不留情地朝他后背开了一枪。

四

可是母鸡还在继续失踪。叔叔火冒三丈，决定亲自结束这场战斗。他在树林里撒下毒饵，不无侥幸地认为我们自己的猎狗不会吃到。他不断嘲笑我已经不再是一个合格的猎人，然后背上猎枪，带着两条猎狗，在黄昏时分出发，去林子里碰碰运气。

维珊能够辨认毒饵。每当看见它们，她就远远绕开，或者鄙夷地踢开。而有一次，她把毒饵扔进了一头臭鼬的洞里，那是她的宿敌，接下来这头臭鼬就再也没有露过面。先前总是由老疤面对付猎狗，不让他们惹麻烦。而现在，家庭的重任全都落在了维珊肩上，她就没办法花许多时间来清除通往巢穴的足迹了，当有敌人接近巢穴时，她也没办法每次都把他们截住，然后引开。

结局如何，谁都能料到。“拦截”嗅到了强烈的气味，一路追踪，猎狐犬“斑点”把小狐狸都堵在窝里，还一个劲要钻进去。

狐狸窝的秘密被发现了，他们的末日降临了。叔叔雇了个人用铁锹和镐子来挖，我们带着猎狗站在一旁。突然，老维珊出现在附近的树林里，引着猎狗向河下游跑去，然后看准了时机，猛地跳到一头羊的背上。这个简单的办法果然奏效，猎狗被甩掉了。那头惊慌失措的羊狂奔了几百码，维珊才跳下来，她知道这时候自己的气味已经完全被隔开了，便返回巢穴。可是，猎狗嗅不到气味，无法追踪到她，也返回了原地。他们发现维珊正在那儿绝望地徘徊，想把我们引开，保护自己的宝贝儿，可是我们怎么会上当呢！

当狗在树林里疯狂地左突右冲，追赶老母狐的时候，帕迪正使劲挥舞铁锹和镐子。地沟越挖越深，两边的沙砾越堆越高，帕迪坚实的肩膀已经在地面以下了。一个小时之后，他兴奋地叫起来：

“先生，挖到了！”

只见地沟尽头露出了狐狸窝，四只毛茸茸的小狐狸正拼命往里面挤。

我刚想阻止他，已经来不及了。铁锹猛然一挥，猎狗突然冲过去，三只小狐狸立刻丢了性命。第四只，也是最小的一只狐狸，因为夹紧了尾巴，才暂时逃脱了猎狗的利齿。

他急促地尖叫着，可怜的母狐循声赶来，在巢穴边团团转。她离我们太近了，随时会被猎枪射中，幸好总是被猎狗挡着。她再一次故技重演，引猎狗追赶她，好保住孩子的性命。

这只侥幸活下来的小狐狸被扔进一个口袋。他静静地待在里面，而他那几个惨遭不幸的哥哥则被丢回窝里，帕迪用几锹泥土埋葬了他们。

我们这些罪人回到家里，用铁链子将小狐狸拴在院子里。谁也说不清为什么要留他一命，总之大家的情绪都变了，没人提出要杀他。

他是一只漂亮的小家伙，仿佛是狐狸和羊羔的混合体。他那毛茸茸的身子竟然像羊羔一样纯洁，但是那双黄色的眼睛里却闪烁着一丝狡黠和残忍，

这在羊羔身上是绝对不会有的。

一发现有人走近，他就默默地蹲下来，缩进那个藏身的箱子里。当所有人都离开之后，过了足足一个小时，他才开始四下里张望起来。

此刻，我的窗口取代了那棵空心的椴树。有几只母鸡在小狐狸身边转悠，他对她们可太熟悉了。到了下午，当她们走到他身边的时候，铁链子突然响了一下，小家伙猛地扑向离他最近的一只母鸡，要不是被铁链子一下子拽回来，他就抓住目标了。他站稳身子，退回到箱子里。后来他又打过几次冲锋，每一次都估算好铁链子的长度，因此无论成功与否，都再也没有被无情的铁链拽回来。

夜幕降临，小家伙不安起来，悄悄溜出他的箱子，可是一有动静，却又立刻退回来，拖着沉重的铁链子，有时候还用前爪抓住链子愤怒地猛咬几口。突然，他停下来，仿佛在侧耳倾听，接着抬起小黑鼻子，短促地呜咽起来。

这样的举动重复了一两次，而在等待的期间，小狐狸焦急地摆弄链子，来回跑动。终于传来了回答声，是他妈妈在远处呼唤。没过几分钟，一个黑影出现在木头堆上。小家伙先是溜回箱子里，紧接着又跑出来，向他妈妈

迎上去，从没见狐狸有这么高兴过。母狐闪电般衔起她的孩子，返身朝她来的路上跑去。可是，当铁链子完全拉直了，孩子被猛地拽出了妈妈嘴里。我推开窗子，母狐惊慌地跳上木头堆。

一个小时之后，小狐狸不再跑动，也不再叫唤了。我悄悄向外张望，借着月光，只见母狐正舒展着身子躺在小狐狸旁边，咬着什么东西。“哐啷啷”的金属声说明了一切，原来她正在咬那根无情的铁链子。而小狐狸——我们给他起了名字，叫作蒂普——正依偎着妈妈吃奶呢。

我走进院子，母狐立刻逃进黑黢黢的树林。我看见箱子旁边有两只血淋淋的老鼠，还是热的，那是妈妈送给孩子的食物。第二天早上，我发现铁链离小狐狸脖子一两英尺的那段已经被磨亮了。

我穿过树林，一路走向已被捣毁的狐狸窝，路上又发现了维珊的足迹。这个悲痛欲绝的妈妈曾经回到这里，把死去的孩子们从土里挖了出来。

现在这三只小狐狸的尸体就躺在那儿，浑身上下被舔得干干净净，他们旁边放着两只死母鸡，是母狐刚从我们家偷来的。泥土被重新堆起，从上面留下的痕迹来看，她曾经待在孩子们的尸体旁注视他们。她把夜间打猎的收获，像往常一样放在孩子们身边。她在他们身边展开身子躺下，

Ernest Seton Thompson

想给他们喂奶，想给他们取暖，可是没有用，她能够感觉到的只是他们僵硬的小小身躯，以及冰冷的小鼻子，没有一丝气息。

她的肘、胸和腿都在泥土上留下了深深的痕迹，可见她曾经悲哀地躺在这里，长久地默默注视他们，和所有的母兽一样，哀悼她的孩子。但是，从此之后，她再也不会回来，因为她明白，孩子们已经死了。

五

被捉住的小狐狸蒂普，是他们兄弟中最弱小的一只，现在妈妈把所有的爱都灌注到他身上。猎狗都被放出来看守母鸡。叔叔命令雇工，一看到母狐就把她打死。他也这样嘱咐我，可我决心再也不和她照面了。鸡头被下了毒，放在树林各处，因为那是狐狸最喜欢吃的东西，而狗绝对不会去碰。要接近拴在院子里的蒂普，必须闯过种种危险，最后翻过那个木头堆。然而维珊还是每天夜里都来，给她的宝贝儿带来刚刚捕杀的母鸡和其他猎物。现在她不等小家伙急不可耐地叫喊就会出现，我便一次又一次地看见她。

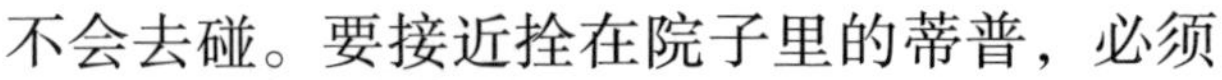

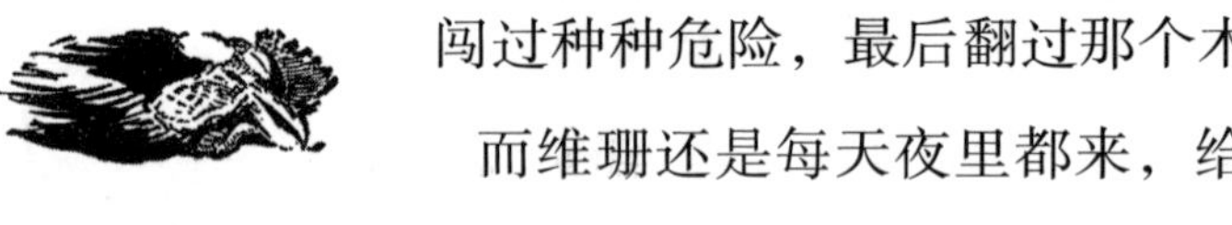

在小狐狸被捉住的第二天夜里，我听见铁链子的声响，发现母狐正在箱子旁边努力挖洞。当洞的深度能够容纳她半个身子的时候，她便将长长的链子收进洞里，再用土掩埋好，以为这样就除掉链子了。然后她衔住蒂普的脖子，转身向木头堆冲去，可是，唉，小狐狸一下子被拽了回去。

可怜的小家伙伤心地呜咽着，爬进他的箱子。半个小时之后，我听见猎狗突然对着远处的树林狂吠起来，一定是他们发现了维珊。他们向北朝着铁路那边追赶，声音渐渐远去。猎狗到第二天早上还没有回来。不久我们就知道了是怎么回事。原来狐狸老早就搞清楚了铁路是什么东西，他们很快设计出几种方法来利用它。其中之一就是：当被猎狗追赶时，沿着铁路跑，直到火车开来。因为铁轨会使气味变得非常微弱，而猎狗也有可能被火车撞死。还有一种更保险的办法，但是也更加难以做到，那就是趁火车开近之前，领着猎狗直接跑上高架桥，让火车把他们撞得粉身碎骨。

这一招玩得很漂亮，我们果然在桥下找到了“拦截”血肉模糊的尸体。维珊开始复仇了。

那天夜里，趁疲惫的“斑点”还没有回来，维珊又来到了院子里，咬死一只母鸡，送到蒂普面前，然后气喘吁吁地在他身边躺下，给他哺乳。她似乎认定，要不是她带食物来，蒂普什么东西也吃不上。

而正是这只母鸡，让叔叔发现了她夜间的行踪。

我对维珊满怀同情，绝对不会再参与任何杀戮行动。于是第二天夜里，叔叔亲自站岗，他握着枪，守了一个小时。寒意越来越重，云层遮住了月亮，他突然想起来要出去做一件重要的事情，便让帕迪接替他。

在万籁俱寂的深更半夜站岗，帕迪有点沉不住气。一个小时后，突然传来“砰！砰！”两声巨响，我们立刻明白，是他开枪了。

早上，我们发现维珊并没有让她的孩子白等一场。第三天夜里，仍是我叔叔站岗，因为又丢了一只母鸡。天黑后没多久，一声枪响，维珊扔下猎物逃走了。半夜里，又是一声枪响，显然是维珊回来了。天亮之后，我们发现铁链子有几处被磨得锃亮，可见她曾第三次过来，花了几个小时，企图咬断那根可恶的锁链。

这样的勇气、顽强和爱子之心，当然能够赢得宽容和尊重。总而言之，接下来的那天，当夜深人静之后，再也没有枪手埋伏着等她了。那又有什么用呢？被猎枪驱赶了三次，她还会再来给孩子送食物，或者试图解救他吗？

她还会再来的，出于她那强烈的母爱！到了第四天夜里，只有我一个人在关注他们。当小狐狸的呜咽声传来，一个黑影出现在木头堆上。

但是，我并没有见她带来母鸡或者别的什么食物。难道这位敏捷的猎手终于一无所获了吗？难道她没有给她唯一的亲人带来任何猎物吗？难道她终于明白，捉住小狐狸的人是会给他喂食的吗？

不对，完全不对。这位原野中的母亲，她的热情，她的憎恨，都是真真切切的。她只有一个念头，就是救出她的孩子。她什么办法都用过了，什么风险都冒过了，不顾一切地照料他，试图解救他。但是，所有的努力都失败了。

此刻她仿佛一个影子似的走来，转眼间又离开了。只见蒂普抓住她扔在地上的什么东西，大嚼起来。突然，刀割般的疼痛令他发出凄厉的喊声。小家伙挣扎了一阵，很快断了气。

维珊的母爱是那么强烈，可是有一个念头却压倒了她的爱。她很清楚毒饵的效力，也知道如何分辨毒饵，原本她会把这些知识传授给蒂普，教他如何躲开它们。而现在，当她不得不为他做出选择，是要继续痛苦地被囚禁下去，还是要一下子一了百了时，她终于抑制住心中的母爱，用剩下的唯一的办法，让他解脱。

下雪了，我们开始巡视树林。冬天来了，我知道维珊已经离开了爱林代尔树林。她去哪儿了，没有人知道，我们只知道，她走了。

也许，她去了某个遥远的猎场，将所有悲痛的记忆——被杀害的孩子和伴侣——抛到身后。也许，她是有意要离开这个伤心地，就像所有原野中的母亲那样——她曾让自己的孩子，家庭里唯一幸存的孩子，获得解脱，而现在，她用同样的方法，解脱了自己。

小　破　耳

——一只白尾兔的故事

小破耳又叫破儿，是一只白尾兔。他之所以会有这么一个名字，是因为他有一对被扯破的长耳朵，那是他生平第一次冒险时留下的记号，还要伴随他一辈子呢。破儿和他妈妈一起住在奥里芬家的沼泽地里，我就是在那儿结识他们母子的，又通过各种方法收集了他们的不少经历，最后写成了这个故事。

对动物不熟悉的人也许会以为我是在用拟人手法描写他们，但是，亲近动物、了解动物习性的人就会知道，其实并非如此。

兔子当然不会说出我们能够听懂的语言，但是他们的确有一整套表达意思的手段，包括声音、姿势、气味、胡须的触碰以及动作和示范。有一点请你千万记住，虽然我在讲故事的时候，把兔子的语言翻译成了我们的语言，但是，我说的每一句话都确确实实是他们说过的。

一

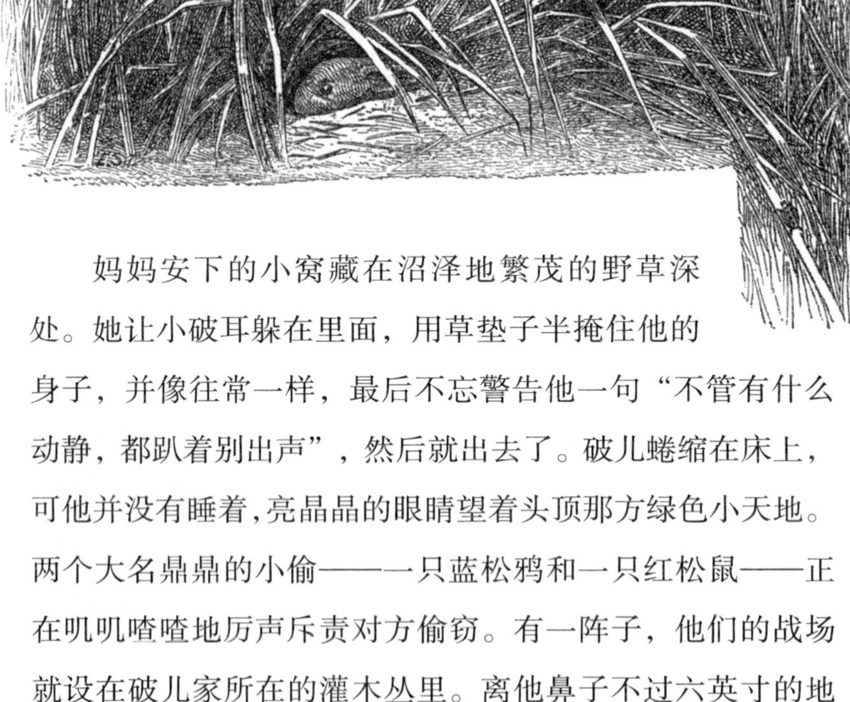

妈妈安下的小窝藏在沼泽地繁茂的野草深处。她让小破耳躲在里面，用草垫子半掩住他的身子，并像往常一样，最后不忘警告他一句“不管有什么动静，都趴着别出声”，然后就出去了。破儿蜷缩在床上，可他并没有睡着，亮晶晶的眼睛望着头顶那方绿色小天地。两个大名鼎鼎的小偷——一只蓝松鸦和一只红松鼠——正在叽叽喳喳地厉声斥责对方偷窃。有一阵子，他们的战场就设在破儿家所在的灌木丛里。离他鼻子不过六英寸的地方，一只小黄鸟捕住一只蓝蝴蝶；一只红黑相间的瓢虫从容地摇摆着一节节的触角，从一片草叶跋涉到另一片草叶，径直穿过兔子窝，最后从破儿的脸上经过。这一切都没有让他眨一下眼睛。

可就在这时，他听见身边的草丛里传出连续不断的“沙沙”声。这声音好生奇怪，虽然忽左忽右，越来越近，却听不见“啪嗒啪嗒”的脚步声。破儿一辈子都没迈出过沼泽地一步（他足有三周大了呢），还从来没有听见过这样的声音。不用说，这让他心里充满了好奇。没错，他妈妈是说过要他趴着，可他认为那只是在危险的情况下，而现在这种沙沙声，既然没有伴着脚步声，那就没有什么可怕的了。

那低哑的声音近在耳畔了，却忽地转到右侧，又立刻折回，然后仿佛远去了似的。破儿觉得自己该有所行动，他可不是小娃娃了，应当去弄清楚那究竟是什么。于是他慢慢伸直毛茸茸的小短腿，撑起胖乎乎的身子，圆溜溜的小脑袋顶开窝上的草垫子，悄悄向树林子里张望。他这样一动，那声音却消失了。什么也没看见，他便迈出一步，想看个仔细，突然他发现眼前竟跃出一条大黑蛇。

“妈妈呀！”那怪物朝他猛地扑来，他吓得魂飞魄散，尖声大叫，四肢铆足了劲想夺路狂奔。可那蛇已经咬住了

Ernest Seton Thompson

他的一只耳朵，尾巴扫过来要把他缠住，眼睛贪婪地瞪着这只绝望无助的幼兔，想把他一口吞了。

“妈妈呀——妈妈！”破儿的喊声越来越微弱，那残忍的怪物正在慢慢收紧他的尾巴，可怜的小东西马上就要没力气出声了。突然，树林里蹿出一支离弦的箭——妈妈来救他了。白尾兔茉莉再也不是犹犹豫豫、战战兢兢，看到一片影子都想逃跑的胆小鬼了，她的内心完全被强烈的母爱占据，孩子的呼喊给她增添了无限的英雄气概。她高高跃起，就在越过大黑蛇头顶的一瞬间，锐利的后爪用力一击。蛇重重地挨了一下，身子痛苦地扭起，恼怒地咝叫着。

“妈妈。”小兔子弱弱地呻吟着。妈妈一次又一次跃起，一次比一次更猛烈地击打着，最后那蛇终于松开了小兔子的耳朵，试图趁母兔跃起的时候咬她一口。可他试了几次，却只咬到一嘴的兔毛，而茉莉的攻击却十分有效，大黑蛇的鳞甲被撕开一道道口子，鲜血淋漓。

形势对黑蛇很不利，他抖擞精神，准备下一次进攻，不由得松开了小兔子。小兔子立刻趁机逃出来，窜进灌木丛，气喘吁吁，惊魂未定。他没有受伤，除了左耳朵被那条可恶的蛇咬破了。

茉莉达到了目的，也就无心恋战，她既不想获取什么荣誉，也没有伺机报复的意思。她奔进树林，一朵雪白的尾巴仿佛明灯，指引着小兔躲进沼泽地里一个安全的角落。

二

老奥里芬的沼泽地是一片地势崎岖、荆棘丛生的次生林地，中央是一个湖沼，还有一条小溪穿过。早先的林子只遗留下一些树，依然耸立其间，而年代更早的树都已枯朽，横卧在灌木丛中。湖沼周围生着许多柳树和芦苇，猫和马总是远远避开，牛却并不害怕。外围不怎么潮湿的地方，是荆棘和小树的天下。再往外则是与田野相接的边缘地带，那儿长满枝繁叶茂的小松树，树干上渗着胶液，无论在枝头或在地上，到处都是一团团松针，散发出阵阵清香，让过路的旅人心旷神怡，可是这香气对于那些试图与松树竞争的幼苗来说，却是致命的。

周围都是平缓的田野，田野中唯一的足迹来自一只无恶不作、寡廉鲜耻的狐狸，这狐狸住得可真叫近哪。

茉莉和小破耳是这片沼泽的主要居民。和他们距离最近的邻居也都很远，和他们血缘最近的亲戚也都死了。在

这里他们安家，在这里他们相依为命，在这里小破耳接受了生存训练，令他受益终身。

茉莉是一位很尽责的妈妈，她无微不至地抚养孩子。破儿学到的第一课就是“趴着别出声”，和大黑蛇的那次遭遇让他明白这一招有多管用。这个教训破儿永远不会忘记，之后他一直遵照这一教诲，学起其他本领来也就容易多了。

第二课叫作“待着别乱动”，它脱胎于第一课，破儿刚会跑就学会了这一招。所谓“别乱动”就是什么也不做，木头一样待着。一只训练有素的白尾兔，一旦发现敌人逼近，不管他在做什么，都会保持当前姿势，一动不动。因为树林里的生物都和树林颜色相同，只有活动的时候，才会被看见。所以，当与敌人狭路相逢时，如果哪一方先看见对手，并立即“待着别乱动”以避免被发现，那么他就有了选择时机进攻或逃跑的主动权。只有住在树林里的动物才知道这一点有多重要，所有的动物、所有的猎人都必须掌握这一招。虽然大家都会，可要是做起来的话，谁也赶不上茉莉。破儿是由妈妈示范，学会这一招的。当她那常被当作坐垫的白尾巴在树林间上下跃动的时候，破儿当然拼命追赶。接着茉莉猛然停下，“别动”，下意识模仿妈妈的小兔子也跟着做出了相同的动作。

但是，破儿从妈妈那里学到的最有用的一课，却是关于荆棘丛的秘密的。这是一个古老的秘密。在了解这个秘密之前，你必须先知道荆棘丛和动物之间是怎么翻脸的。

很久很久以前，开着玫瑰花的荆棘丛并不长刺。但是松鼠和老鼠总要爬上枝头去摘花，牛常常用角把花碰下来，负鼠爱用长尾巴把花卷下来，鹿则用尖尖的蹄子把花踢下来。于是荆棘丛就长出犀利的刺来保护自己的花朵，而且还向所有爬树的、有角有蹄子的以及尾巴老长的动物永远宣战了。这样一来，能同荆棘丛和平相处的就只剩下白尾兔茉莉，因为她既不会爬树，也不长角和蹄子，就连尾巴，也几乎是没有的。

事实上，白尾兔也的确没有伤害过长在荆棘丛上的玫瑰花，而荆棘丛呢，因为敌人太多，便对兔子特别友好。所以每当可怜的小兔子遇到危险，就会飞奔到距离最近的荆棘丛，后者当然早已预备好成千上万的毒刺来保护他。

因此破儿从妈妈那里学来的秘密就是：“荆棘丛是你

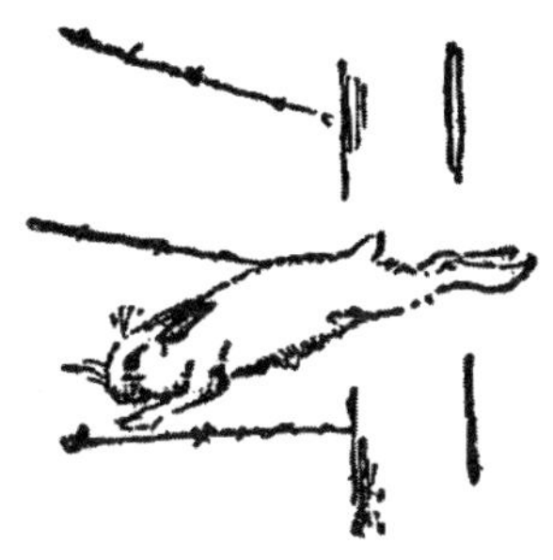

最好的朋友。”

那个季节的大部分时间，破儿都在熟悉这一带的地形以及荆棘丛里迷宫般的小径。他把这门功课学得好极了，可以沿着两条不同的路线环绕沼泽，而无论跑到哪里，只要跳五下就能够到达他的好朋友荆棘丛那里。

没过多久，白尾兔的敌人发现，人类在这个地区引进了一种新的荆棘，并把它们栽成一长排一长排的，到处都是，这真够讨厌的。这种荆棘非常坚固，不管是谁都没办法扯断，刺也很尖锐，再坚韧的皮都会被撕破。荆棘一年比一年多，给动物们带来的麻烦也一年比一年大。但是白尾兔茉莉却不怕，她可不是白白在荆棘丛里长大的。狗啊，狐狸啊，牛啊，羊啊，甚至连人类自己都会被那些吓人的利刺划伤，可茉莉却懂得它，并能在它的保护下愉快地生活。它铺展得越广，白尾兔的安全地带就越多。而这种要命的荆棘有一个名字，叫作“倒刺铁丝网”。

三

茉莉没有别的孩子要照顾，所以她把全部关爱都给了小破耳。他比一般的兔子更加聪明敏捷，身体强壮，而且运气也特别好，所以日子过得很不错。

整个季节，她都在督促他学习关于足迹的技巧，学习什么可以吃、可以喝，什么绝对不能碰。她一天天训练他，一点点教导他，把她自己积累起来以及早年训练得到的无数经验塞进他的头脑，用各种生活常识来武装他。

在苜蓿地里、灌木丛中，破儿紧挨妈妈蹲着，模仿她的样子，不停地翕动鼻子，以保持嗅觉敏锐；又从她嘴里扯些食物出来，或者舔舔她的嘴唇，来判断自己吃到的食物是否与妈妈的相同。他还学她的样子用爪子梳梳耳朵，理理外套，从衬衣和袜子里把刺儿咬出来。他懂得只有荆棘丛上洁净的露珠才适合兔子饮用，因为水一旦沾上泥就必然会弄脏。他就是这样开始学习树林知识这门最古老的科学的。

破儿逐渐长大，当他能够单

独外出的时候，妈妈就把电码传授给他。兔子打电报是用后腿在地上蹬。声音贴着地面能传得更远，比如在离地面六英尺的高度蹬腿，声音只能传出二十码，但如果贴着地面的话，就能传出至少一百码去，而兔子听觉灵敏，因此能在两百码开外听见这蹬腿声，这就相当于从奥里芬沼泽的一头到另一头了。蹬腿一声的意思是“当心”或者“别动”；缓慢的“蹬——蹬——”，意思是“过来”；快速的“蹬蹬”，意思是“危险”；急促的“蹬蹬蹬”就是“逃命”了。

天气晴朗，蓝松鸦喳喳地吵嘴，这说明附近没有危险的敌人，这一天破儿开始学习一种新本事了。茉莉放平耳朵，示意他蹲下。然后她跑进远处的灌木丛，发出“过来”的信号。破儿急忙奔过去，可是茉莉并不在那儿。他蹬蹬腿，也没有得到回答。他仔细搜寻起来，很快闻到了她脚的气味。气味是一个特殊的向导，每一只动物都对它了如指掌，人类却全然不知。他就循着这向导的指引，找到了茉莉的藏身之处。这就是他学习跟踪的第一课。就在这种捉迷藏游戏中，破儿接受了严格的追逐教育，追逐在他今后的生活中成为不可少的一部分。

第一阶段的教育尚未结束，破儿已经学会了兔子生存的所有基本技巧，并在许多方面表现出不容置疑的天赋。

他精通“树木”“躲藏”和“蹲伏”，玩起“风”“圆木”“暂停”和“原路返回”等把戏来，又是那么娴熟，几乎都不需要其他技巧了。他还知道怎么玩“铁丝网”，虽然还不曾实践过，那可是一门最新的绝技。他特别用心地研究过“沙子”，这一招可以消灭所有气味。此外，诸如“变向”“篱笆”“急转”以及要求长时间集中注意力的“穴居”，他也都很熟练。而他从来不曾忘记，在所有技巧中，万变不离其宗的是“趴着”，唯一不会失误的是“荆棘丛”。

他学会了如何辨认敌人的踪迹，以及如何迷惑他们。老鹰、猫头鹰、狐狸、猎犬、杂种狗、水貂、黄鼠狼、猫、臭鼬、浣熊、人类，他们各有各的捕猎方法，而他则学会了用不同的策略分别来对付他们。

要及时发现正在靠近的敌人，首先靠自己和妈妈，其次靠蓝松鸦。“不要忽略蓝松鸦的警告，”茉莉说，“虽然他总是捣蛋、偷东西，但是什么也逃不过他的眼睛。他根本不在乎会不会伤着我们，不过幸亏有荆棘丛，他伤不到我们。他的敌人也是我们的敌人，所以多多留意他的反应，准没错。啄木鸟发出警报的话，你可以信他，因为他很诚实。但和蓝松鸦比起来，他就像个傻瓜。虽然蓝松鸦常常说谎捉弄人，可当他带来坏消息的时候，相信他总不会有什么危险。”

过铁丝网需要不同寻常的勇气和腿力。破儿很久之后才冒险玩过一次，而当他进入身强体壮的年纪后，这却成了他最喜欢的游戏。

“对于会玩的兔子来说，这个游戏有趣极了，”茉莉说，“首先你得引诱追你的狗笔直往前跑，让他眼看就要捉住你了，然后就和他保持一个跃步的距离，引着他在长长的斜坡上全速前进，突然冲进齐胸高的铁丝网。我见过不少狗和狐狸被扎伤，还有一条大猎犬当场就被扎死了。但我也见过有好几只兔子，在玩这招的时候丢了性命。”

破儿还很小的时候，就已经懂得了有些兔子一辈子都没弄懂的东西，比如，“穴居”实际上并没有看起来那么巧妙。对于聪明的兔子来说，这一招也许很安全，可是对于傻瓜来说，它早晚是个死亡陷阱。初出茅庐的小兔子总是首先想到“穴居”，可是经验丰富的老兔子却只会在其他招数通通失败后才会试它一试。如果敌人是人类、狗、狐狸或猛禽，使用“穴居”意味着逃生，但如果敌人是雪貂、水貂、臭鼬或黄鼠狼，那就只能意味着死亡。

沼泽地里只有两个地洞。一个在南端的向阳坡上。向阳坡是一个草木遮蔽的小土丘，地势开阔，面向太阳，天气好的时候，白尾兔常常在那儿晒太阳。在散发着清香的松针和冬青树叶上，他们像猫一样舒展着身体，慢慢翻转着，仿佛烧烤似的，让身体的每一面都能接受阳光。他们眨着眼睛，喘着粗气，全身抽搐，好像在忍受巨大的痛苦，可实际上，这却是他们最大的享受。

小土丘顶上有一个大松树桩。它的根扭曲着突起在黄沙滩上，奇形怪状，宛如一条条龙。在龙爪的庇护下，一只忧郁的老土拨鼠挖了个窝，一直住在这里。几个星期来，这只老土拨鼠的脾气一天比一天坏，后来有一天，他待在窝外面，等着和奥里芬的狗大吵一架，结果一小时之后，他的窝被茉莉据为己有。

后来，这个松根洞又被一只自命不凡的臭鼬霸占了。这只臭鼬如果不是喜欢自充英雄，兴许还能多活几年，因为他竟然以为，带着枪的人见到他都会转身就

跑。他把茉莉赶到洞外，并没有捞到什么好处，而他的王国就像某位希伯来君王一样，只支撑了七天就完蛋了。

另一个地洞在苜蓿地旁边的蕨草丛里，窄小潮湿，要不是能做逃命的最后藏身之处，它完全没有用。这个蕨洞也是出自土拨鼠之手，这只土拨鼠算是个友好的邻居，但是年幼轻狂，现在他的皮已经成了鞭梢，被奥里芬用来提高他的牲口车队的脚力。

“这可再公平不过了，”老人说，“那皮是偷了东西吃，才长起来的，现在就让它帮着牲口长脚力吧。”

现在白尾兔完全占领了这两个洞，但他们不到万不得已，绝不会靠近洞口，生怕踩出一条路径来，把这最后的隐藏地暴露给敌人。

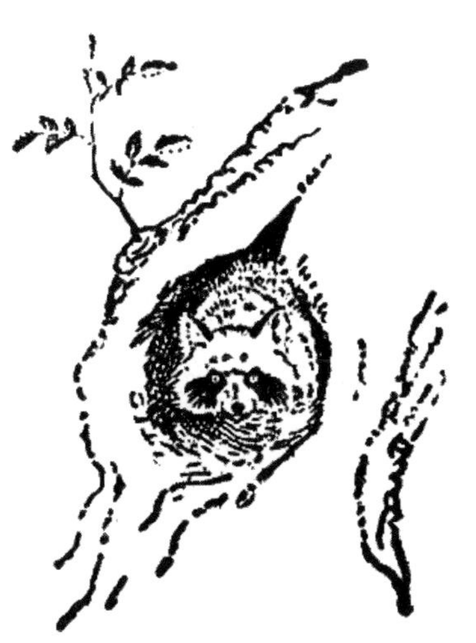

那儿还有一棵山核桃树，树干完全空了，随时都会倒下似的，但依然青翠。这棵树最大的优点是两头都是敞开的，老浣熊罗特独个儿在这里住了很久。他看起来似乎是以捕食青蛙为生，而且应该像古时候的僧侣那样，不沾任何荤腥。可是很

明显，他非常想找个机会大吃一顿兔子肉。最后，某一天夜里，他在偷袭奥里芬的鸡窝时不幸遇难，这让茉莉大大松了一口气，毫不客气地占领了他那个安乐窝。

四

八月里，明媚的阳光荡漾在沼泽地里，一切都沉浸在暖意融融的光辉中。一只褐色的小麻雀立在湖沼里一株纤长的灯芯草上，晃悠着。麻雀身下，铺展开一片浑浊的湖水，倒映出蔚蓝的天空，天空的倒影夹杂着黄色的浮萍，镶嵌成一幅精美的图画，图画中央就是一帧小鸟的倒像。后面的岸上，金灿灿、绿茵茵的臭菘蓬勃地生长着，投下浓密的树荫，笼罩着褐色的草丛。

麻雀的眼睛虽然没有经过训练，无法欣赏色彩的绚烂，却能看见我们无法看见的东西。在臭菘丛下，有无数褐色的隆起，被叶子堆积覆盖着，而其中的两块却是毛茸茸的活物，他们一刻不停地翕动着鼻子，上下摩挲着其他不动的东西。

那是茉莉和小破耳。他们在臭菘丛中伸展四肢，不是因为喜欢那种臭烘烘的气味，而是因为扁虱受不了那气味，不会来骚扰他们。

兔子可没有固定的上课时间，他们随时都在学习，至于学的是什么，就要取决于眼下最紧要的是什么，而眼下最紧要的是什么，只有到了这里才知道。他们想在这地方静静地歇一歇，但没过多久，就听见时刻监视四周动静的蓝松鸦发出警报，茉莉的鼻子嗅了嗅，耳朵顿时竖了起来，尾巴紧紧贴着后背。原来，奥里芬的大花狗正从沼泽地的另一端，直奔他们而来。

“蹲着别动，”茉莉说，“我去把那个傻瓜引开，不让他过来捣乱。”她迎上去，勇敢地在狗面前横冲了过去。

“汪——汪——汪——”狗狂吠着，猛追茉莉，可就是怎么也追不上，却被她带进深深的荆棘丛，柔嫩的耳朵被扎得不轻。然后茉莉又把他引向一个隐蔽的铁丝网，他被划开一道长长的口子，痛苦地嗥叫着，逃了回去。茉莉来了个急转弯，又兜了一大圈，这才原路返回，以防大狗杀个回马枪。当她回去之后，发现破儿正直挺挺地站着，脖子伸得老长，津津有味地看着追逐赛呢。

看见儿子这样不听话，茉莉生气极了，抬起后腿就给了他一下，把破儿踢到泥地里去了。

一天，他们在附近的一片苜蓿地里吃草，一只红尾鹰突然向他们扑过来。茉莉撩起后腿，和他开了个玩笑，然后沿着一条他们经常走的小径，跳进荆棘丛，老鹰自然不可能追过去。这条小径是从溪边灌木丛通往烟筒林的干道，现在有一些被爬山虎遮住了。茉莉一边留神着老鹰，一边去扯那些爬山虎。破儿看着她，然后跑到前头，也开始扯横在路中间的爬山虎。“做得对，”茉莉说，“必须总是保持道路畅通，你会经常用到它们。不一定要宽阔，但一定要畅通。把横在路中间的爬山虎什么的通通扯掉，有一天你会发现已经有一个陷阱被你切断了。”“一个什么？”破儿问道，一边用左后脚挠挠右耳朵。

“一个陷阱。陷阱看上去就像爬山虎，可是它不会长，比世界上所有的老鹰加在一起还要坏，”茉莉往天上瞥了一眼，那只红尾鹰已经飞远了，继续说道，“它不管白天黑夜都藏在路上，瞅准机会就把你抓住了。”

“我就不信它能抓住我。”初出茅庐的破儿不服气地

说，又抬起脚后跟，在一棵光滑的小树上摩擦自己的下巴和胡须。破儿的这些动作都是无意的，但妈妈却看出这是一个标志，就像男孩子会变声。她的孩子已经不再是个小娃娃了，他很快就将是一只成年白尾兔。

五

流水中有一股神奇的力量。有谁不知道它，没有感觉到它呢？修筑铁路的工人会大刀阔斧地把堤坝推进宽阔的泥沼、湖泊或海洋，但是，哪怕是最细小的流水，他们都会全心全意地敬重它，观察它的愿望和流向，满足它的一切要求。唇焦舌燥的旅人行走在有毒的碱性沙漠中，看见一片芦苇荡，他会满怀恐惧，犹豫不前，但是，当他看见沙丘中间有一条纤细的亮线在隐隐流动，那是活水的迹象，他就会兴高采烈地喝起来。

流水中有一股神奇的力量，任何邪恶的诅咒都无法越过它。汤姆·奥桑特①在危急时刻证明了它的魔力。树林里的野兽被死敌发现踪迹，穷追不舍，他感到死亡即将降临，可怕的诅咒已经落到头上。他精疲力竭，招数用尽，可就

① 汤姆·奥桑特：苏格兰诗人彭斯同名叙事诗里的人物，借助流水的力量甩开了追赶他的妖精。

在这时，善良的天使把他引到活水边，他跃入清凉的水流，随波漂荡，最后恢复了体力，重新回到树林。

流水中有一股神奇的力量。猎狗追到水边，停下来搜寻，但毫无办法。他们的诅咒已经被欢快的流水打破，野兽已经逃脱困境，将继续活下去。

而这，正是小破耳从妈妈那里学来的又一个秘密——“除了荆棘丛，流水也是你的朋友”。

八月的一个晚上，天气非常闷热，茉莉带着小破耳穿越树林。她那团白棉花般的尾巴在前面一闪一闪，仿佛一盏灯，指引着小破耳，不过每当她停下来蹲着，那灯就熄灭了。他们跑一阵，停一会儿，听听四周的动静，最后来到湖沼边。在他们头顶的树枝上，树蛙在高唱着“睡吧，睡吧”，而在湖沼深处，一根没入水中的圆木上蹲着一只牛蛙，他把下巴浸没在清凉的池水里，唱着“喝吧，喝吧”。

“你跟我学。”茉莉用兔子的语言说，然后就“扑通”一声跳进湖沼，朝着那根沉没的圆木奋力游去。破儿犹豫了一会儿，还是“哎哟”一声跳下去，一边急促地翕动着鼻子，用力呼吸，一边学着妈妈的动作。那动作和他在陆地上奔跑的时候并没有什么两样，于是他发现自己会游泳了。他一直游到那根圆木旁，妈妈已经站在圆木露出水面的那一头上，浑身湿漉漉的。破儿也爬上去，站在妈妈身边。

在他们四周是一圈水草组成的屏障，流水也不会暴露他们的行踪。从此以后，每当住在泉水地的那只老狐狸在温暖的夜晚跑到沼泽地来觅食，破儿就会留神倾听牛蛙在哪儿唱歌,以便在紧急关头循着他的歌声找到安全地带。那时候，牛蛙的歌词就成了：“来吧，来吧，有危险就来吧。”

这是破儿最近才跟妈妈学会的一招，几乎相当于研究生课程了，因为有许多小兔子一辈子都不会学到这个。

六

没有哪一只野生动物是寿终正寝的。他们迟早会以悲剧结束一生，问题只不过是他们能在敌人的威胁下坚持多久。但破儿的一生却证明，兔子只要闯过青春期，就很有可能活过盛年期，一直活到生命的第三阶段，这第三阶段是走下坡路的最后阶段，我们称为老年期。

白尾兔的敌人来自四面八方。他们每一天都在逃亡中度过。狗、狐狸、猫、臭鼬、浣熊、黄鼠狼、水貂、蛇、老鹰、猫头鹰、人类，甚

至昆虫都在算计他们的性命。他们的冒险成百上千，每天至少有一次要飞奔逃命，靠腿和脑子自保。

住在泉水地的那只坏狐狸曾经不止一次把他们赶到泉水旁铁丝网围成的一个破猪圈下面。有一次，他们就躲在那儿，冷冷地看着狐狸想方设法要钻进来，却把自己的腿刺伤了。

有那么一两回，破儿被猎狗追赶，他却成功地引诱了一只同样凶恶的臭鼬，让他和猎狗斗了起来。

有一次，一个猎人带着狗和雪貂打猎，活捉了破儿，但他第二天就幸运地逃脱了。从此以后，破儿就更加不相信地洞了。有好几次，他被猫赶到水里，或者被老鹰、猫头鹰追捕，但是无论哪一种危险，他都有办法对付。妈妈教给他逃跑的关键方法，他自己慢慢地加以改进，还发明了不少新窍门。随着年龄的增长，他越来越聪明，越来越多地用脑子，而不是用腿来求得安全。

附近有一条小猎狗，名叫“拦截”。主人为了训练他，经常让他追踪一只白尾兔，而他们的目标几乎总是破儿，因为这只小雄兔和他们一样喜欢奔跑，这样的危险刺激正好够味儿。他会说：“哎呀，妈妈！那条狗又来了，我今天还得跑上一圈。”

“孩子，你胆子也太大了！”她会这样回答，“我怕你跑得太多了。”

“可是，妈妈，逗那条傻乎乎的狗玩玩真是有意思，而且这样训练也不错。要是我觉得他们逼得太紧，就蹬腿，你就过来替我，我好喘口气。”

然后他就跑起来，“拦截”会循着他的气味追踪他。最后破儿跑累了，就要么蹬蹬腿，发出求救信号，让茉莉来对付那条狗；要么就要个小花招，把狗甩了。看了下面的描述，你就能知道破儿是多么精通树林知识。

他知道，当他贴近地面的时候，气味最明显；当他身体发热的时候，气味最强烈。因此如果他能够离开地面，安静地待上半个钟头，等气味消散，他就安全了。于是，当他跑累的时候，就奔进小溪旁的荆棘丛中，忽左忽右地迂回跑动，留下的踪迹兜了一个极其复杂的大圈子，那条狗得花很多工夫才有可能找出他的行踪。然后他一蹦越过上风的E点——一棵长圆木，直接跑向树林里的D点。在D点稍加停留之后，他顺原路返回，在途中的F点又往旁边一跳，奔向G点，再折返来到J点，在那儿等猎狗循着他的气味找来，通过I点，这时候他就来到H点，并沿着原路来到E点，跳上圆木比较高的那一头，一动不动地蹲好。

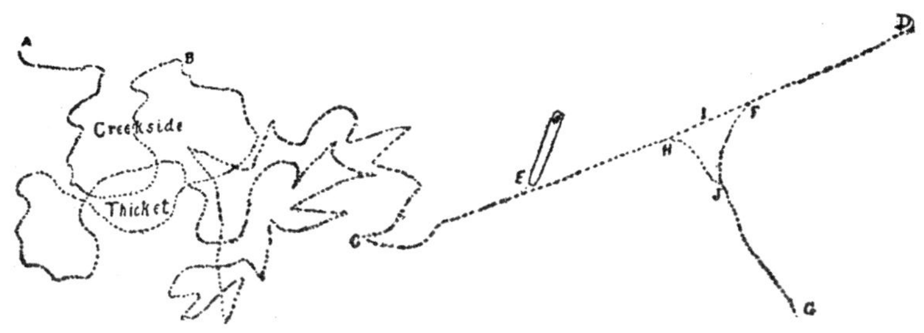

“拦截”在错综复杂的荆棘丛里浪费了许多时间，当他终于找到D点的时候，兔子的气味已经很弱了。这时候，他兜了许多圈子来寻找气味，终于找到了，可是这气味却突然在G点消失了，他只好再兜着圈子寻找。圈子越兜越大，最后他正好经过了破儿藏身的那根圆木。可是天气很冷，气味已经消散，他并没有往下走。破儿纹丝不动，连眼睛都不眨一下，猎狗就这样过去了。

可是，猎狗又找回来了。这回他经过圆木比较低的那一头，突然停下嗅起来。“没错，就是那只小兔子。”气味已经快散了，但他还是爬上了圆木。

考验破儿的时候到了，大狗一边嗅着，一边往前找。可是破儿稳住了情绪，风向也对他有利。他拿定主意，如果“拦截”走过圆木中点，他就立刻逃跑。可是“拦截”并没有过来。就连一条杂种狗都会看见兔子就蹲在那儿，可这条猎狗却没有发现。气味已经消散，于是他从圆木上跳下来走了。破儿赢了。

Ernest Seton Thompson

七

除了妈妈之外，破儿从没见过别的兔子。他也从没想过会不会还有别的兔子存在。现在他离妈妈越来越远，却并不感到孤独，因为兔子并不渴望伙伴。可是，十二月里的一天，当他在红茱萸丛里开辟一条通往溪边草丛的新路时，却突然发现，在向阳坡上出现了一个脑袋和一对耳朵，那是一只陌生的兔子。这个不速之客显然因为有了新发现而喜出望外，很快就沿着破儿的一条小径，蹦蹦跳跳地进入破儿的沼泽地。霎时间，一种前所未有的感觉在破儿的胸中升起，那是愤怒和仇恨的混合体，叫作嫉妒。

不速之客在破儿经常摩擦身子的一棵树旁停下来。破儿常常踮起脚，尽量挺直身子，在这棵树上摩擦下巴。他以为自己这样做纯粹是因为喜欢，但实际上，所有的雄兔子都会这样做，出于好几个目的。首先，这棵树会留下这只兔子的气味，好让别的兔子知道这片沼泽地已经被一家兔子所占领，不允许再迁入。其次，后来的兔子可以凭着气味知道自己是不是认识前面那只兔子。而且，摩擦点的高度可以显示这只兔子的身高。

让破儿烦恼的是，他发现新来的那只兔子要比他高出一个头，是一只高大、强壮的雄兔。这样的事情，破儿以前从没遭遇过，这让他心里有一种全新的感受，他甚至起了杀心。他恨恨地咬牙切齿，跳到一块坚硬光滑的地上，用腿慢慢击打三下："蹬——蹬——蹬。"意思是："从我的沼泽地滚出去，不然我就要动手了。"

不速之客立刻竖起耳朵，直起身子，停顿片刻，然后放下前腿，在地面上击打出更加响亮的声音："蹬——蹬——蹬。"

于是，一场大战打响了。

他们从侧面抄近路直逼对方，都想占领上风，抓住时机。破儿的对手肌肉发达，高大威猛，可是当破儿移到低处时，他却几乎跌倒，不能靠近，这样的小失误说明他有些笨头笨脑，只能靠块头大来压倒破儿。最后，他扑过来，破儿怒火填膺，迎了上去。他们短兵相接，同时奋力蹬出后腿。只听见"砰砰"两声，可怜的小破儿直跌下来。对手一下子落到他身上，露出牙齿，破儿被咬下几簇毛。好在他腿脚敏捷，立刻挣脱了跃起，再次冲上去，却又被撞倒，还被重重咬了几口。他不是人家的对手，打斗很快变成逃命。

负伤的破儿蹦跳着逃走了，对手却全力追赶，想把破儿赶出他的出生地，还想要他的命。幸亏破儿腿力强，耐力好，而对手因为身子笨重，很快就放弃追赶，不然破儿的处境就很不妙了，因为他带着伤，已经累得快跑不动了。从此以后，破儿就生活在惊恐之中了。他所受的训练都是用来对付猫头鹰、狗、黄鼠狼、人类的，根本不知道如何对付另一只兔子的追赶。唯一的办法就是趴着，一旦被发现就逃跑。

可怜的小茉莉吓坏了，她帮不了破儿，只能找地方躲起来。可是那只雄兔很快发现了她。她千方百计躲开他，可她现在已经不像破儿那么敏捷了。那只雄兔倒并不想杀她，他向她求爱。她却恨死他了，总想逃跑，他就厚着脸皮缠着她，一天接一天地跟在她后面，搅得她心烦意乱。他常常因为她的憎恨而恼羞成怒，猛地把她撞倒，撕扯她的毛，直到怒气平息了才放过她。他一心要杀死破儿，破儿简直无处可逃。他没有其他沼泽地可以去，即便打盹，也得随时准备逃命。这个入侵者每天总有十几次偷偷钻到他睡觉的地方，但破儿每次都能及时醒来逃跑。可逃不逃没有什么两样。他是保住了性命，可这日子过得多苦啊！他绝望得都快疯了，眼看着自己的妈妈成天遭受折磨，眼看着他心爱的草地、他的安乐窝以及他辛辛苦苦开辟出来的道路，都被那个可恨的畜生夺走了。破儿痛苦地认识到，只有胜利者才能占领一切，现在他对那个入侵者的憎恨已经超过了对狐狸和雪貂的憎恨。

这样的日子怎样才会结束？他时时刻刻都要保持戒备，东奔西跑，又没有东西吃，因此一天比一天瘦下去，而小茉莉长期饱受摧残，体力和精神也都垮了。入侵者想尽办法要毁掉可怜的破儿，还竟然犯下了对兔子来说最不可饶恕的罪行。对于有品行的兔子来说，无论有多大的仇恨，面对共同的敌人时，都会放下过节。但是有一天，一只巨大的老鹰俯冲向沼泽地，那个入侵者自己藏得好好的，却一次又一次把破儿往开阔地上赶。

有一两次，那只老鹰几乎就要逮住破儿了，幸好有荆棘丛救了他的命，最后那只大雄兔因为自己差点被逮住，才放过了破儿。破儿又一次侥幸逃脱，可是情况丝毫没有改观。于是他下定决心，第二天晚上找个机会带着妈妈离开这里，去闯闯外面的世界，为自己找一个新家。就在这时，他忽然听见猎狗老雷在沼泽地外围搜寻，于是他决定最后赌上一把。他故意从

猎狗眼前跑过，挑起了一场迅猛的追逐赛。他们绕着沼泽地跑了三圈，破儿确定妈妈已经躲好，而他的仇人正待在自己窝里，于是他直冲进仇人的窝，从他头顶跃过去，还抬起一条后腿猛踢了他一下。

“你这个蠢货，看我要你的命！”入侵者大吼一声跳起来，却发现自己正被夹在破儿和猎狗中间，成了追逐赛的替死鬼。

猎狗疯狂地吠着，继续追踪兔子的气味。那只雄兔又高又壮，和兔子作战时，这是巨大的优势，而此时却成了致命弱点。他并不知道多少技巧，只会一些所有兔子都会的简单招数，比如“急转”“变向”以及“穴居”。可是这次猎狗追得太紧，“急转”和“变向”都用不上，他又不知道哪里有洞可以躲。

这是一场你死我活的赛跑。荆棘丛对所有的兔子都照顾有加，这次虽也尽力而为，却无济于事。猎狗不停地狂吠。茉莉和破儿躲在角落里，听着外面灌木丛的哗啦声，以及猎狗被荆棘丛刺破耳朵而发出的尖叫声。可是突然间，所有这些声音戛然而止，只剩下一阵扭打声，最后是一声撕心裂肺的尖叫。

破儿知道这意味着什么，不由得打了个寒战，但是他很快就把这一切抛在脑后，他很高兴，因为自己重新成为这片可爱的沼泽地的主人。

八

毫无疑问，老奥里芬有权烧毁沼泽地东部和南部的所有灌木丛，清除泉水下面那个铁丝网围成的旧猪圈。不过这样一来，破儿和他妈妈的日子就很难过了。前者有他们星罗棋布的住处和哨所，后者则是他们的重要堡垒和最后一道防线。

他们已经在这片沼泽地里住了很久，觉得这一带的每个角落，包括奥里芬的土地和房子，都归他们所有，所以一旦看见别的兔子，即使只是出现在邻近的谷仓那儿，他们也会深恶痛绝。

他们要求长期有效地占领这片土地，这和大多数国家对于自己领土的要求如出一辙，再也没有比这更重要的权利了。

在一月里融雪的时候，奥里芬一家把湖沼周围的一大片林子都砍了，大大削减了白尾兔的领地。但是他们依然守着面积锐减的沼泽地，因为这儿是他们的家，他们不愿意背井离乡。日子越来越艰难，但他们还是像以前那样机智敏捷。最近有一只水貂逆流而来，打破了他们的平静。这个令人不快的来客仿佛是受到某种力量的指引，来到奥里芬家的鸡窝。不过兔子不能确定他是否已经被注意到了。现在他们不再使用地洞，因为地洞是危险的死胡同，倒是和还没有被砍去的荆棘丛以及灌木林更亲近了。

第一场雪早已过去，天气还算晴朗暖和。茉莉仿佛感觉有些风湿病的征兆，在低矮的灌木丛里寻找一种叫茶莓的药草。破儿坐在东边的岸上，享受着微弱的阳光。淡蓝色的轻烟从奥里芬家的山墙烟囱里冒出来，缓缓飘过树林，被明亮的天空映衬着，变成一种暗褐色。山墙被阳光镀成金色，堤坝般的荆棘丛把它拦腰截断，连紫色的阴影也被晕染得金光熠熠。房子那一边的谷仓，山墙和屋顶也被阳光镀成金色，静静地矗立着，仿佛挪亚方舟。

从那儿传出的声音，以及裹挟在轻烟中的香味告诉破儿，院子里的动物们正在吃白菜。一想到那里的盛宴，破儿就忍不住要流口水。他一边眨眼睛，一边嗅着那香味——他可太喜欢吃白菜了。但是前一天夜里他已经去过那儿，找来了一些苜蓿叶子，没有哪只聪明的兔子会一连两个晚上跑到同一个地方去的。

于是他做出了明智的决定。他跑到闻不到白菜香味的地方，吃了一束从草垛上吹下来的干草作为晚餐，然后打算找个地方过夜。这时茉莉来了，她已经找到茶莓，还在向阳坡上吃了一点甜桦。

太阳去别处办事，带走了所有的光芒。在遥远的东方，一扇巨大的黑色百叶窗渐渐升高，铺展到整个天空，一切光亮都被遮蔽，世界被留在一片阴暗中。然后，另一个捣蛋鬼——风登场了，他趁着太阳离开的机会，开始酝酿恶作剧。天气一点一点冷下来，似乎比大雪覆盖时还要糟糕。

“真是冷得要命！要是我们能把灌木丛当烟囱该多好。”破儿说。

“待在松根洞里就能好好过夜了。”茉莉答道，“但是我们还没有看见谷仓那头挂出那只水貂的皮。只有看见他的皮，我们才能安全。”

那棵空心的山核桃树已经不在原处，这时候它倒在堆木场上，而里面正躲着茉莉他们害怕的那只水貂。于是这两只白尾兔跳到湖沼南岸，选了一个灌木丛钻进去，准备在那儿过夜。他们的脸迎着风，鼻子却朝着不同的方向，万一突发警报，就能往不同的方向逃走。

风越刮越猛，天气越来越冷，到了半夜时分，一场冻雪降临，敲击着地上的枯叶，呼啸着窜进灌木丛。这样一个夜晚似乎并不是打猎的好时候，可泉水地的那只老狐狸却出动了。他迎着风，沿着沼泽地的僻静处走来，在灌木丛底下碰运气，突然嗅到了熟睡的白尾兔的气味。他停下步子迟疑了一会儿，然后偷偷地朝灌木丛摸过去，鼻子告诉他，兔子正躲在那儿呢。风雪的呼啸声掩护着他悄无声息地走近，直到他的爪子“咔”地踩到一片枯树叶，茉莉才猛然惊醒。她一碰破儿的胡须，他们俩都完全清醒了，可这时狐狸已经扑到眼前。幸好他们即使在睡觉时，四肢也都准备好随时蹦跳。茉莉一下子冲进暴风雪，狐狸扑了个空，立即开始追击，而破儿则朝另一个方向奔出去。

茉莉面前只有一条路，那就是顶着风，跑向还没有封冻的泥沼，狐狸跑到泥沼上，就会陷下去。她跑到泥沼，没有转弯的余地，只能继续前进。

她跑过草丛，“哗啦”一声，跳进深水。

狐狸也紧跟着跳下去，但这样一个寒冷的夜晚，让他实在吃不消，只好掉转头去。茉莉却只能拼命向前，穿过芦苇丛，朝对岸游去。风猛烈地迎着她刮来。刺骨的水浪划过她的脑袋，水面上到处是积雪，就像漂浮的冰块或泥块，阻碍着她的前进。隐隐约约，她能看见对岸，仿佛一条细

细的黑线，可它是那么遥远，那么遥远，说不定，狐狸会在那儿等着她呢。

茉莉低下耳朵，避开大风，勇敢地迎着风浪奋力前进。她在冰冷的水里游了很久，对岸的芦苇丛终于近在眼前了，可是一块巨大的浮雪挡住她的去路，狂风在岸上呼啸，听上去好像是狐狸的声音。茉莉累极了，被水推着漂回去很远，这才摆脱了浮雪的阻挡。

这时候，她重新鼓起勇气，但速度却慢下来，慢了许多。最后，她游到高高的芦苇丛中，可四肢已经冻僵。力气耗尽了，勇敢的心也沉了下去，狐狸是不是在那儿等着，她无所谓了。她穿过芦苇丛，但是水面上的冰将她围住，她游得那么慢那么勉强，动作绵软无力，不可能上岸了。不一会儿，她那寒冷虚弱的四肢不再动弹，毛茸茸的鼻尖不再翕动，褐色的眼睛闭上了。白尾兔妈妈死了。

但是，岸上并没有什么饥饿的狐狸在等着要撕碎她。破儿逃过了敌人的第一次袭击，一稳住情绪，就跑回来帮助妈妈。那只老狐狸正绕着池塘跑，想到对岸去截住茉莉，破儿把他引开，让他撞到铁丝网上，划破了脑袋。摆脱了狐狸之后，破儿回到岸边，四处寻找，搜索妈妈的气味，蹬腿发信号，但这些努力都没有结果。他怎么也找不到妈妈。他再也没有见到过她，他永远不会知道她的下落，因为她在流水冰冷的怀抱中长眠了，流水是她的朋友，永远不会泄露秘密。

可怜的茉莉！她是真正的英雄，而像她这样的英雄又何止千万，可他们从来不曾有过任何充当英雄的念头，只是竭尽全力地生活在自己的小小世界里，直到死去。她在生活的战斗中表现得非常出色。她是那么优秀，优秀的品质永远不会消亡，因为她的肉体和才智的精髓都传递给了破儿。她在他身上再生，通过他，将更好的品质世世代代延续下去。

而破儿依然生活在沼泽地里。那年冬天，老奥里芬死了，他那些任意挥霍的儿子们再也没有去理会过那片沼泽地和那些铁丝网。不过一年工夫，那地方更加荒芜了，小树和荆棘丛恣意生长，倒下的铁丝网成为白尾兔的城堡和最后防线，狗和狐狸都不敢冲过来。破儿一直活到现在。他成了一只强壮的大雄兔，没有哪个对手会令他畏惧。他有了自己的大家庭，不知从哪儿带回来一只漂亮的褐色兔子做妻子。毫无疑问，他的子孙将在这儿兴旺地生活下去。而你，如果了解了他们的密码，就能在晴朗的黄昏看见他们，然后挑一个好地方，看看他们会在什么时候、用何种方式发送信号。

男孩与猞猁

、男孩

他十五岁不到，爱好运动，即便对于一个新手来说，那股热情也是少见的。整日里，野鸽群飞过湛蓝的凯齐奥纳尔湖来到这片森林，栖身在焦黑的粗壮树干的残枝上，那一截截断树犹如火的纪念碑，伫立在一小块空地周围，那一排排鸽子则成了诱人的靶子。他跟踪了他们几个小时，却毫无所获。野鸽好像知道那把老式猎枪的确切射程，每次还没等他走近到可以开枪，他们便扑腾着翅膀纷纷飞走了。终于，那间木屋不远处，有一小群鸟散落在泉水周边

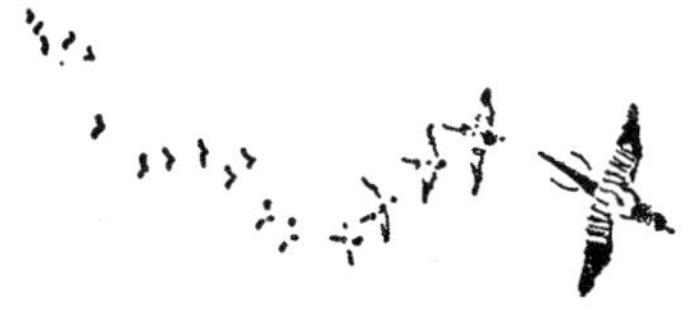

的矮绿树丛中，索伯恩借着掩护，轻轻走进去。他看到一只鸽子站得近，瞄了半晌，开枪了。可几乎是在同时，传来了另一声裂响，野鸽倒在地上死了。索伯恩正要冲上去夺取战利品，一个高大的小伙儿却赶在他身前捡起了鸽子。

“你好啊，康尼！你抢了我的鸽子！”“你的锅（鸽）子！你的都飞到那边去啦。我看到他们待在仄（这）边，心想开枪准能打到一过（个）。”[1]

仔细查看后发现，原来一颗步枪子弹和一发猎枪子弹同时击中了那只鸽子。两位枪手打的是同一只鸟。他俩都觉得事情可笑，虽然从另一方面看，这也不是闹着玩的，因为在那个荒僻的家里，食物和弹药都很缺乏。

康尼身高六英尺，是个再标准不过的爱尔兰裔加拿大青年。他带头走进木屋，面对物质享受的匮乏和日常生活的简陋，他们却乐在其中。虽然科尔特一家生长在加拿大边陲，可他们丝毫没有丧失民族的性格。正是因为这种性格，全世界才将爱尔兰血统看作热心和风趣的同义词。

康尼是大家庭中的长子。老一辈住在南面二十五英里外的彼得塞。他“申请”在费内邦克的树林里就地取材建起自己的家，由他那两位已经成年的姐妹——稳重可靠的

① 康尼说话带着浓重的口音。

玛格特和聪明伶俐的露——替他料理家务。索伯恩·阿尔德在他们家做客。他大病初愈，家里人送他来林地吃吃苦，希望主人的活力能感染到他。他们家是直接用原木搭建的，没有地板，屋顶上铺着生草土，满是青茎与杂草。周遭的原始树林只有两处中断：一处是此地最为崎岖难行的路，通往南边的彼得塞；另一处是那片波光粼粼的湖，湖水冲刷着滨岸，从那儿能隐约瞥见对岸四英里外他们最近的一家邻居的房子。

他们的日常作息极其规律。康尼黎明起床生火，叫醒姐妹；她们准备早餐的时候他喂马。六点钟吃完饭，康尼出去干活。等看到某一株焦木桩在泉水中投下影子，玛格特便知道是中午了，该去打些清水放在桌上，露则在一根竿子上挂块白布，康尼看见信号就会从夏天的休耕地或是草田上回来，脏兮兮，黑黝黝，脸色红润，浑身透着男子气概和踏实苦干的自信。索伯恩也许一整日都不在，但到了晚上他们再次聚在桌边的时候，他会从湖边或是远处的山脊回来，吃一顿跟午餐和早餐相同的晚餐，因为伙食就跟日子一样，一成不变：猪肉、面包、土豆和茶，偶尔有鸡蛋，是养在小马棚旁的那十几只母鸡下的。难得才可以换换口味吃点野味，因为索伯恩打猎并不在行，而康尼要干农活，没空做别的。

二、猞猁

一棵四英尺粗的巨大椴树迎来了一切树木的宿命。死神待它很宽厚——早已送来三个预兆：它是同类中最大的，它的子女都长大了，它的躯干空了。凛冽的寒风将它刮倒，拦腰折断，原本是树心的位置，露出了一个大窟窿。那一小片空地阳光充足，倒卧的树身成了一条狭长的洞窟，恰好给一只猞猁充当理想的家园，她正在为即将降生的幼崽寻找挡风遮雨的窝呢！

她又老又瘦，因为这一年猞猁的日子不好过。上一年秋天兔子遭了瘟疫，他们的主要食物源一下子断了；厚厚的雪积了一个冬天，冰冻又来得突然，山鹑几乎死光了；绵绵春雨下个不停，淋死了本就不多的几窝小鸟，又灌满了池塘和溪流，让鱼儿和青蛙得以逃脱他们尖利的爪子。这只猞猁妈妈的伙食比她的同类好不到哪儿去。

要抚养那些小家伙——还没出生便已饿得半死——更是雪上加霜，因为他们占去了她本可以用来打猎的时间。

北方兔是猞猁最爱的食物，在某些年头，她一天可以

猎杀五十只，可眼下，她连一只都没见到。瘟疫真是赶尽杀绝。

有一天她抓到了一只红松鼠，它钻进一截空心木头，落入陷阱。又有一天，一条恶臭的黑蛇成了她唯一的食物。一天毫无所获，幼崽没有东西吃，可怜地“呜呜”直叫唤，母亲的乳汁也越来越少。有一天她看见一头硕大的黑色动物，他的气味难闻却很熟悉。她不出声，迅速跳上去发动攻击。她朝他的鼻子来了一下，可那头豪猪死死低着头，尾巴猛地向上一甩，细小的棘刺扎中了猞猁妈妈身上十几个地方。她用牙齿拔光了棘刺，因为她多年前就领教过豪猪的厉害，这次实在是饿慌了，才铤而走险的。

那天她只捉到一只青蛙。第二天，正当她跑到最远处的树林里耗费许久时间苦苦寻找猎物时，她听见了一声鸣叫。这声音她从没听见过。她循着声响小心地靠近，逆风前行，闻到了新鲜的气味，又听到另几声陌生的声音。待她走到林中的一块空地，又一次听到了那响亮、清晰、悠扬的鸣叫。空地中央是两座巨大的麝鼠窟或者山狸窝，比她之前见过的都要大上许多。窝的一部分由木头搭成，不是建在水塘上，而是建在一个干燥的小土墩上。四周有山鹑在走来走去，他们是类似松鸡的鸟，只不过更大，五颜六色，有红的、黄的，还有白的。

她激动得浑身颤抖，那股兴奋劲儿，放到人身上叫作“初登猎场情难耐”。吃的——吃的——许许多多吃的，这位老猎手缓缓趴到地上。她的胸贴着地面，她的肘高过背脊，拿出最机敏、最灵巧的手段悄悄靠近。她要不计一切代价逮到一只山鹑；她要用尽所有办法，这一次行动不容有失；即便花去几个小时，甚至是一天，她也一定得抓住时机，赶在猎物飞走之前成功靠近。

掩护她的树离麝鼠的窝近在咫尺，那一小段距离她却爬了一个小时。从树桩到灌木丛，从木柴到草束，她悄然潜行，匍匐前进，山鹑们没有发现她。他们来回觅食，其中最大的一只发出一阵清脆的鸟鸣，就是之前第一次传入她耳朵的声音。他们一度好像察觉到了危险，不过她久久按兵不动，终于打消了他们的顾虑。现在他们几乎触手可及，对猎物的渴望和饥饿令她颤抖不已。她盯准一只白色的鸟儿。他并不是离得最近的，令她目不转睛的似乎是那一身毛色。

鼠窝四周有一片空地，空地之外长满高高的杂草，到处都是树桩。那只白鸟在草丛后面闲荡，那只嗓音嘹亮的红鸟则飞到鼠窝所在的土墩上唱起之前唱过的歌。猞猁妈妈又把身子压低了几分。那歌声像是警报，不过，那只白鸟依然在那里，她可以透过草丛看到鸟羽的光泽。现在旁边有了开阔的空间。那女猎手已经扁平得仿佛一副空皮囊，她贴紧地面，缓慢地悄声前行，躲在一根同她脖子差不多粗的木头后面；她只要能到达那簇灌木，就能避开草丛那边的视线，距离便也足够她跳向猎物。现在她能闻到气味了——那属于生命、属于活肉、属于鲜血的馥郁、浓烈的气味，令她四肢躁动，两眼放光。

那群山鹑仍然在扒拉着找食吃，又有一只飞到土墩顶上，但那只白的还在原地。她又悄无声息地缓缓挪上五步，终于来到了草丛后面，那只白鸟的光泽透了过来。她估了估远近，稳了稳脚跟，甩了甩后腿，扫去掉落的小树枝，接着用尽全力猛跳上去。只见一道夺命的灰影落了下来，又快又狠，直取要害，那只白鸟根本不知道自己是怎么死的，而其他鸟儿还没来得及发现敌情或者飞走，猞猁已经离开了，嘴里叼着那只扭动的白鸟。

她无端地狂嚎了一声，透着天生的凶残与快乐，随后

跃入森林，像只蜜蜂般飞奔回家。猎物的身体尚有余温，他最后颤动了一下，这时，她听见前方传来重重的脚步声。她跳上一根木头。猎物的翅膀挡住了她的视线，于是她放下死鸟，用一只爪子稳稳按住。脚步声近了，灌木纷纷弯折，一个男孩出现了。那老猞猁知道这是人类，对他们向来痛恨。她在晚上观察过他们，跟踪过他们，更被他们追捕过、打伤过。他俩面对面站了片刻。那女猎手发出一声咆哮，是警告，更是挑战与反抗。她叼起白鸟，跳下木头，躲进灌木丛。还有一两英里才到家，但她一直忍住没吃，直到那块阳光充足的空地和那株巨大的椴树出现在眼前才动嘴。随后她“噗噜——噗噜”轻声呼唤着，叫孩子们来与妈妈一起享用这一顿丰盛的精美大餐。

三、猞猁的家

最初，城里长大的索伯恩不太敢走进树林深处，要听得到康尼的斧头声才安心，但一天天过去，他越走越远，找路时看的不是树上的苔藓，那靠不住，而是看太阳、罗盘和地貌特征。他的目的是了解原生动物，不是杀害他们，但博物学家也往往是大半个探险家，所以他枪不离身。那片空地上，唯一的动物是一只肥硕的旱獭，他的洞穴在离小屋几百码远的树墩下面。日头好的早晨，他常常躺在树墩上晒太阳，但在森林里，要捉到好东西就得时刻保持警惕。那旱獭永远是那么机警，索伯恩开枪打不到他，设了陷阱也是无功而返。

“啊，”有天早上康尼说，“该去弄点新鲜肉了。”他把那杆黄铜包边的小口径老式步枪拿下来，小心翼翼装上子弹。到底是个耍步枪的高手，他在门框上稳了稳枪身，开了火。那只旱獭仰面倒了下去，不动弹了。索伯恩跑过去，拎着那只动物得意地走回来，大喊道：“一枪爆头——距离一百二十码。”

康尼刻意收敛住自得的笑容，不让嘴角过分上扬，可那一刻，他明亮的眼睛更加明亮了。

这不是纯粹为了杀戮而杀戮，因为那旱獭把巢穴四周的庄稼祸害了个遍。他的肉让这一家子享受了绝世美味，康尼还告诉了索伯恩兽皮可以派什么用场。兽皮先要裹上硬木木屑，放二十四个小时，这样把毛去掉；再在皂液里浸泡三天，等干燥后，慢慢用手加工成一张洁白坚韧的皮革。

索伯恩寻寻觅觅，信步走得更远了，不管他找得多费劲，目标却总是在不经意间出现。很多日子是空白的，另一些则充满各种小插曲。狩猎最大的特点就是难以预料，所以它的魅力才持久不衰。一天，他朝一个新方向走，翻过山脊，穿越一片空地，看到那儿倒卧着一棵大椴树折断的树干。那棵树之大，令他印象极为深刻。他健步踏过空地，向着西面一英里处的湖走去，二十分钟后，他看到了一棵铁杉，不由惊得倒退几步——竟有只巨大的黑色动物躲在离地三十英尺的树杈上。一头熊！终于碰上了！这是他几乎盼了一个夏天的检验勇气的机会。他一直在想，面对这种考验，那神秘的“自我”会如何反应。他静静站着，右手探进口袋，拿出三四粒为应急准备的大号铅弹，装在枪里的小号铅弹上面，用弹塞压了压。

之前那熊没动，男孩看不到他的头，不过现在他把他好好端详了一番。那不是一头大熊——不是，它个头很小，是的，非常小——而是一头熊崽。熊崽！就是说母熊就在附近。

索伯恩有些害怕地四下张望，可除了那头幼熊外，他看不到任何动物的踪迹。他瞄准猎物，开了枪。

让他吃惊的是，那动物“轰隆”倒了下去，一命呜呼了。原来不是一头熊，而是一只大豪猪。他满怀诧异和内疚，细细翻看着躺在地上的豪猪，他原本不想杀死这样一只无辜的生物。在豪猪恐怖的脸上，他发现了两三道长长的伤痕，说明他并不是他唯一的敌人。转身时他发觉裤子上有血迹，才看到左手在流血。他被豪猪的刺狠狠扎伤了，自己却刚反应过来。他不舍地离开了猎物。露得知这件事后，说可惜没扒了他的皮，她还缺一件毛皮绲边的斗篷过冬呢。

另一天，索伯恩出门没带枪，因为他只是要去采一些之前见到的奇花异草。它们就长在那块空地附近，他记得那地方有棵倒掉的榆树。一到那里，他就听到一个奇怪的声音。接着他看到那根原木上有两个东西在动。他抬起一根树枝，这下看清楚了。是一只大猞猁的脑袋和尾巴。那猞猁早就看到他了，怒视着他，凶恶地大吼。她把一只白鸟踩在脚下，再一看，那鸟儿原来是他们养的宝贝母鸡。那畜生的样子真凶残！索伯恩多么恨她！这是报仇的最好时机，可他这一回偏偏没带枪，索伯恩愤恨得简直咬牙切齿。他也怕得不轻，站着不知该怎么办。猞猁叫得更响了，她那根粗短的尾巴凶狠地抽动了一阵，随后叼起猎物，跳下木头，消失了。

这个夏天多雨，地上到处都很软，那少年猎人便根据脚印追寻野兽，但如果天气干燥，即便是高手也难以做到。一天他在林中发现了好像是猪的脚印。他很容易就一路找了去，因为脚印是新留下的，而且两个小时前刚下过一场大雨，把别的动物的印记都冲刷掉了。沿着脚印走了大约半英里，他来到了一条开阔的沟壑前。他走到沟边，只见一道白色的光跃过山沟，他那双年轻的眼睛辨认出两头鹿的形象：一头母鹿，一头小斑点鹿，正好奇地盯着他。虽然循着脚印一路过来，他还是大吃一惊。他张嘴凝视着他们。鹿妈妈转身举起危险信号旗——她的白尾巴——轻快地跳了开去，身后跟着小鹿。他们轻轻一蹦就越过了那些低矮的树桩，碰上抬得较高的树段则又如猫一般柔软敏捷，弯下身子便穿了过去。

他再也没有获得向他们开枪的机会，尽管后来他又看见了好几次那两道足迹，或者说他认为就是他们留下的，毕竟那时候森林尚未遭到破坏。

他再也没见到他俩同时出现，但他见过鹿妈妈一次——他认为是同一头。她在林间搜索，用鼻子嗅着地面，

探查足迹；她又紧张又焦躁，明显是在找着什么。索伯恩想起康尼教给他的一个小把戏。他轻轻俯下身子，拔了一片宽叶子放在两根拇指间，用这个简易的小喇叭吹出了一阵短促尖细的鸣叫，很像小鹿呼唤妈妈的声音。虽然隔得很远，但鹿妈妈立刻蹦向了他。他一把抓起枪，想趁机打死她，可她注意到了这个动作。她停下了脚步，她的鬃毛微微耸起。她嗅了嗅，好奇地看着他。看到她温柔的大眼睛，他心软了，手放了下去；她谨慎地靠近一步，好好闻了闻死敌的气味，没等索伯恩良心发现的那股子劲头过去，便跳到一棵大树后面，不见了。“可怜的东西，”索伯恩说道，“我想她是把孩子给弄丢了。”

不过男孩又在树林里遇到一只猞猁。看见那只孤零零的母鹿半小时后，他翻过木屋北边几英里外的长长的山脊。当时他已经过了有那棵倒卧的大椴树的空地，忽然一只活像短尾巴猫的动物走了出来，无辜地看着他。他像往常那样举起枪，可那只“小猫”只是把头歪向一边，一点不害怕，打量着他。这时他才发现又来了第二只“小猫”，新来的“小猫”跟兄弟玩闹起来，又挠他尾巴又要他接招。

看着他们嘻嘻哈哈，索伯恩暂时收起了开枪的念头，不过他同猞猁一族的深仇大恨又涌上心头。他刚要举枪，身旁突然响起一声恶狠狠的闷吼，他吓了一跳。看，那只老猞猁

就站在离他不到十英尺的地方，看上去像只壮硕残暴的母老虎。这时候朝小崽子们开枪肯定是犯傻。伴着高低起伏的狂嚎，男孩提心吊胆地填上了几粒大号铅弹，可正当他准备朝她开枪时，那老猞猁却叼起了脚边的什么东西。男孩瞥见那是团带白点的深棕色——绵软无力，是只刚遭了她毒手的小鹿。随后她不见了，猞猁崽子跟在后面。他俩下一次相见，便是性命相搏、定要杀个你死我活的时候了。

四、恶病肆虐

六个星期按部就班过去了，一天，那身材伟岸的小伙子默不作声地走来走去，安静得有些异样。他的英俊脸庞非常严峻，一早上什么歌都没唱。

他和索伯恩一块儿睡在主卧一角的干草铺上，晚上，索伯恩醒了好几次，听见他在睡梦里呻吟、翻身。

早上，康尼照常起来喂了马，可等姐妹们准备好早餐，他却又躺下了。他硬撑着爬了起来，继续去干活，可早早就回家了。他从头到脚都在发抖。正是炎炎夏日，他却暖和不起来。几个钟头之后，症状暴发了，他发了高烧。这下一家子都明白了，他得了边远林区里人人害怕的寒热。玛格特出门采了满满一兜梅笠草来泡茶，催促康尼喝了很多。

草药也服了，照料也没落下，那小伙子的病情还是加重了。熬到第十天，他已经消瘦了不少，没法干活了。不过患病期间总有身子好些的时候，在那样一天，他说：

“听着，姑娘们，我受不了了，还是回家的好。今天感觉挺好，可以赶车，至少一小会儿是没问题的；要是不行了就躺在车上，马儿会带我回去。一个星期左右，妈妈就会让我好起来。要是我回来前没吃的了，你们就坐划子去艾勒顿家。”

于是姑娘们套好了马，马车上装着半车干草。康尼拖着虚弱的身子，脸色苍白地驶上了那条崎岖的长路，让留守的人感到仿佛置身孤岛，唯一的那艘船也被人夺走了。

不到半个星期，玛格特、露和索伯恩三人通通病倒了，这一回，寒热来得更凶猛。

康尼至少病一天好一天，可他们仨完全没有好些的时候。一家子人叫苦连连。

七天之后，玛格特已经下不了床，露则几乎踏不出房门。露是个勇敢的姑娘，靠着满肚子奇谈怪事强打精神，可看到她苍白苦恼的脸，笑话再好笑大家也开心不起来。索伯恩很虚弱，气色又差，但毕竟是三人之中最强壮的，煮饭的事情就由他来了。他每天就简简单单准备一顿，因为他们吃不下多少，也许亏得他们吃不下——食物所剩无几了，康尼还有一个礼拜才能回来。

很快，能下床的就只剩索伯恩一人了。一天早上，他拖着疲惫的身子，想照常去切一小片他们的宝贝腊肉，却震惊地发现一整块都不见了。为了防苍蝇叮，腊肉放在屋侧背阴处的小箱子里，肯定是被某只野兽偷走了。这下他们只剩下面粉和茶叶了。绝望中他看见了马棚旁的母鸡，不由眼前一亮。可有什么用呢？身子这么弱，他索性去打一头鹿或者一只鹰算了。他猛地想起了自己的枪。很快，他便有了一只可以下锅的肥鸡。清理完毕后，他选了最方便的烧法，把鸡整个放进锅里煮。鸡汤勾起了他们的食欲，他们好一阵没这么美美地吃上一顿了。

他们靠着那只鸡度过了深受病痛折磨的三天。吃光后，索伯恩又取下枪——现在那把枪好像重了许多。他费力地走进谷仓，可他没有力气，站都站不稳，射偏了好几次才打到一只鸡。康尼把步枪带走了，他现在只剩下三发弹药。

索伯恩一惊，发现已经没几只鸡了，只剩三四只。本来有十几只呢。三天后，他又发动了一次进攻。他眼前只有一只鸡了，为了捉他，他用光了最后的弹药。

他现在每天活在一成不变的恐惧之中。早上是他好些的时候，他会为全家煮一点吃的，再在每人床头的木板上放上一桶水，准备迎接夜里高烧的来袭。每天一点钟左右，寒战便会发作，简直准时得可怕：浑身发抖，牙齿打战，从里到外都感到冰冰冷、冰冰冷；啥都暖和不了——炉火似乎失去了作用。拿它根本没辙，只能躺着发抖，忍受漫长的折磨：冷得要命，抖得人都快要散架。这样的状态会持续六个钟头，更痛苦的是，还会一阵接一阵泛恶心。到了晚上七八点，症状变了，会发起滚烫的烧来，那时候用冰块敷似乎都嫌不够凉了。水，水——他只想喝水，不停喝，不停喝，一直到早上三四点，热度才消退，人被折腾得精疲力竭，终于睡了过去。

“要是我回来前没吃的了，你们就坐划子去艾勒顿家。”这是兄弟走之前最后的话。可谁去坐划子呢？

他们三个只剩半只鸡，马上就要挨饿了，可康尼依然不见人影。

这要命的老一套挨了足足三个礼拜，漫无尽头似的。后面的日子非但没变好，而且更糟，因为病人们日渐虚弱——再过几天，男孩也会卧床不起。到时可怎么办？

屋里弥漫着绝望，每个人都在心中默默哭喊：“老天爷啊！康尼是再也不回来了吗？”

五、男孩的家

只剩最后一点鸡肉的那天，为了对付三个人即将来临的高烧，他一早上都在打水，准备了很多。结果他的寒战来得比往常早，发烧也比之前严重。

他喝了很多水，还不停用桶里的水敷头。原本是满满一桶，大约凌晨两点就差不多空了，好在烧暂时退了，他昏睡过去。

天蒙蒙亮的时候，他被不远处一阵怪声音——泼水的声音——吵醒了。他扭头一看，离他脸不到一英尺的地方，竟有一对闪亮的眼珠子——一只巨兽正从床边的水桶中里舔水喝。

索伯恩很害怕，盯着看了一会儿，随后闭上眼，心想肯定是在做噩梦，梦里去了印度，卧榻旁有只老虎。但舔水的声音仍在继续。他抬眼看了看，没错，她还在那儿。他想说话，却只发出"咯咯"的声音。那颗毛茸茸的大脑袋微微一动，那对亮晶晶的眼睛下面有吸气声。那个怪东西，先不管她究竟是啥了，前脚落地穿过房间，躲到桌子底下去了。这下索伯恩彻底醒了。他用手肘慢慢撑起身子，无力地叫道："嘘——嘘！"又把那对亮眸子从桌子底下引出来了，她灰色的身子往前挪动着。她平静地走到房间另一边，轻快地钻进最矮的那根木材下原本放土豆的地洞里，不见了。

那是什么？那病中的男孩不太清楚——不用说，是某种性情凶残的猛兽。他完全慌了。他感到害怕，感到无助，不由颤抖了起来，这一晚他是这样度过的：睡得断断续续，总是突然惊醒，在黑暗里又寻找起那双恐怖的眼睛与那滑动着的硕大灰影。早上，虽然不知道那是否只是自己的胡思乱想，他还是强打着精神用木柴把那个旧地洞堵住了。

他们仨都没什么胃口，但即便如此，他们还是得控制伙食，因为现在只剩下一丁点儿鸡肉了。康尼显然以为他们去过艾勒顿家，想要的食物都拿到了。

那天晚上，发过烧后的索伯恩浑身乏力，昏昏沉沉，又被屋里的一阵咀嚼骨头的声响吵醒了。他朝四周看看，那扇小窗前影影绰绰勾出一个轮廓，有一只庞大的动物躲在桌上！索伯恩尖叫了起来，他奋力把一只靴子扔向入侵者。她轻快地跳到地上，逃走了——那个洞又开了。

这次不是梦了，他知道，女人们也知道。他们不光听到了那东西的动静，而且他们最后的口粮，那点鸡肉也通通不见了。

可怜的索伯恩那天基本没有下床。听腻了病恹恹的女人们凄惨的怨言，他才下决心起床。他在泉水下游找到了一些浆果，跟她俩分着吃了。他为之后必须面对的寒战与干渴做了寻常的准备，只是加上了他能找到的唯一的武器——他在床边放了一把旧渔叉，毕竟枪已经没用了，以及一根松木根蜡烛和一些火柴。他知道那畜生会再回来的——会饿着肚子回来，她会发现没吃的了。他心想，还有什么比活捉猎物，叫他无助地躺在那儿更符合自然法则呢？他眼前又出现了那一幕：那张血盆大口，叼着小鹿绵软的棕色身躯。

他再次用柴火挡住洞口，夜照常一点一点过去，可没有猛兽来访。他们那天吃的是面食和水，为了煮饭，索伯恩不得已用掉了一些柴火。露有气无力地开了个玩笑，说她现在轻盈得都能飞了，还奋力起了床，可她刚爬到床沿就不行了。他做好了同样的准备，沉闷地熬过了一夜。可到了清晨，索伯恩又被床边烦人的舔水声吵醒了。来了，跟之前一样，窗口透进的昏暗晨曦，照出了那对亮闪闪的眼珠子、那颗硕大的脑袋和那个灰色的躯体。

索伯恩本想勇敢地大喝一声，可使尽全身力气，发出的也只是微弱的尖叫。他缓缓起身，喊道："露，玛格特——猞猁又来了！"

"愿上帝帮你，我们可没辙。"传来这样的回答。

"嘘——嘘！"索伯恩再次试着把她赶走。她跳上床边的桌子，站在那把已经没用的枪下面咆哮着。她看了窗户一眼，索伯恩以为她要从窗口跳出去；结果她转头怒视着索伯恩，他能看见两颗闪闪发光的眼珠。他慢慢爬到床边，祈求上苍护佑，心里默默想着：不是她死就是我亡。他划亮一根火柴，点燃松木根蜡烛。他左手举着蜡烛，右手拿着渔叉，想跟她拼命。可他太虚弱了，只能把渔叉当拐杖用。那只巨兽静静地站在桌上，不过蹲下了一点，好像准备跳过来。烛光里，她的眼睛泛起红光。她那根短尾巴左右摆动着，她咆哮得更凶了。索伯恩的两膝颤抖得直磕碰，但他还是端平渔叉，朝那畜生有气无力地冲了过去。这时她跳了起来，不是向着他，他一开始估计错了——烛火和男孩无所畏惧的样子起了作用，而是掠过了他的头顶，落在远处的地上，旋即溜进了床底下。

敌人只是暂时被击退。索伯恩把蜡烛放在一个架子上，随后双手握住渔叉。他在做殊死的搏斗，他深知这一点。他听到女人们在虚弱地祈祷。那畜生在缓缓靠近，他只看到床底下那双发亮的眼睛，听到她益发放肆的吼叫。他费劲地稳住身子，用尽浑身的力量把渔叉刺了过去。

渔叉扎到的东西比木头软，传来一阵骇人的惨叫。男孩把整个人的分量都压到渔叉上，那畜生挣扎着想咬他，他感到她的牙齿和利爪在渔叉柄上“吱吱嘎嘎”刮擦着。她终于挣脱了他的重压，渐渐爬了上来，他坚持不了多久了。他用上了所剩无几的所有力气，那畜生身子一歪，紧

接着是一阵狂嗥，一声断裂的轰响。渔叉突然挎了下去，陈旧腐烂的旧渔叉头断了。那畜生跳了出来——朝着他——掠过了他——没碰到他，穿过洞口走了，就此无影无踪。索伯恩一头倒在床上，昏死过去。

他不知道自己躺了多久，直到天光大亮，被一个响亮而欢快的声音唤醒：

“喂！喂！——人都死光了吗？露！索伯恩！玛格特！”

他没有力气回答，但门外传来马蹄声、重重的脚步声，有人硬推开了门。康尼大步流星走了进来，恢复了平时的帅气与热情。可当走进那座死寂的小屋，想想看，他脸上顿时露出了怎样的害怕和痛苦的神情！

“死了？”他倒吸一口凉气，“谁死了——你们在哪？索伯恩？”接着他又说：“是谁？露？玛格特？”

“康尼——康尼，”床上传来虚弱的回应，“他们都在。病得很重。我们没吃的了。”

“噢！我真是太傻了！”康尼一遍遍说道，“我以为你们去了艾勒顿家，啥都拿到了。”

“没机会去，康尼。你一走，我们仨就一下子全病倒了。然后猞猁来了，吃光了鸡，还把家里能吃的都偷走了。”

“嗯，不过你们俩也算扯平了。”康尼指指泥地上和木柴下面拖了一路的血迹。

吃得好，照顾得好，又有好药，他们全都恢复了健康。

一两个月后，一天女人们想要一只新滤桶，索伯恩说：“我知道一个地方，那儿有棵空心的椴树，就像一个大酒桶那么粗。”

他和康尼去了那儿，等截下想要的部分后，他们看到树身的远端有两具小猞猁的干尸，旁边是猞猁妈妈的尸首，而那根从柄上断下来的渔叉头，就插在老猞猁一侧的身体里。

红　　颈

——顿谷里一只松鸡的故事

一

郁郁葱葱的泰勒山坡上，松鸡妈妈正领着她的孩子们朝小溪走去。这条小溪清澈晶莹，却不知为什么被人叫作“烂泥溪”。虽说小松鸡们昨天才出生，却已经步态敏捷了，这是他们第一次跟着妈妈出来喝水。

松鸡妈妈把身子埋低，走得很慢，因为树林里到处是敌人。她轻轻地“咕咕”叫着，呼唤身后毛色斑驳的小松鸡。这些球儿似的小家伙正迈动粉红色的小脚爪，蹒跚地跟着，哪怕是落下几英寸，都会伤心地“啾啾啾”嚷起来。他们这么娇弱，连山雀在他们面前都成了大老粗。小松鸡共有十二只，妈妈对每一只都很留意，她还要观察每一棵树、每一丛灌木，甚至整片树林以及天空。她似乎总是在寻找敌人——朋友少得可怜，根本找不到。还真被她找到一个。在平坦的海狸草地对面，有一头凶恶的大狐狸正朝他们这边走来，用不了多久，他就会闻到他们，发现他们的踪迹。得马上行动！

“咕噜！咕噜！（藏起来！藏起来！）”妈妈果断地低声叫道.这些还没有橡果大（不过几英寸）的小东西立刻散开躲了起来。一只钻到树叶下面，一只藏在树根中间，一只爬进卷起的桦树皮，一只缩进地洞，其余的也四下躲藏，最后有一只什么藏身地都找不到，只好趴在一片宽大的枯叶上，尽量平贴着，紧闭起双眼，以为这样就不会被发现了。他们忍住了“啾啾”乱叫，全都安静下来。

松鸡妈妈径直朝那头可怕的野兽飞去，勇敢地停在离他不过几码远的地方，然后猛地跌倒在地，好像是翅膀受伤或者腿瘸了——哎呀，伤得真厉害，嘴里呜咽着，就像

一只可怜的小狗。莫非她是在哀求残忍的狐狸可怜她吗？当然不是！她可不傻。人人都说狐狸狡猾，但你马上就会知道，和松鸡妈妈比起来，他有多愚蠢。突如其来的收获让狐狸喜出望外，他一下子扑过去，却并没有抓到松鸡，松鸡离他还有一英尺远。他又跳了一步，这下总该抓到了吧！可不知怎么，偏偏被一棵小树挡住了。松鸡艰难地拖着身子，挪到一根圆木下面。狐狸牙齿咬得"咯咯"响，从圆木上头跃过去。现在松鸡好像不怎么瘸了，她继续笨拙地向前跳，落在一个土堆上，敏捷的狐狸差点就抓住她的尾巴了。但是真奇怪，不管狐狸跳得有多快，松鸡总是比他快那么一点点。这可不寻常了。面对一只翅膀受伤的松鸡，他这只敏捷的狐狸居然追了五分钟，都没有把她捉住。真是丢脸。然而，每当狐狸多加点劲，松鸡就似乎增添了些力气。就这样追出四分之一英里，已经跑出了泰勒山，那松鸡竟然莫名其妙地复原了，"呼啦"一声腾空而起，嘲弄似的飞过树林不见了。狐狸目瞪口呆，这才明白自己被耍了，回想起来已经不是第一次上这种当了，虽然他不明白其中的缘由。

这时候，松鸡妈妈绕了一个大圈子，便回去找那些躲在树林里的小绒球了。凭着野生鸟类对于地点的精确记忆，她找到了刚才那片草地。她站了一会儿，慈爱地欣赏孩子

们安安静静的样子。他们甚至在听见她的脚步声之后，依然纹丝不动，那个趴在枯叶上的小家伙——他藏得还不算太坏——也没有动，只是把眼睛闭得更紧了。终于，妈妈叫道："咕哩！（孩子们，过来！）"一下子，每个可以藏身的地方都冒出来一只松鸡宝宝。那个趴在枯叶上的小家伙——他其实是大哥——睁大了小眼睛，立刻跑到妈妈宽大的尾巴下面，甜甜地"啾啾"叫着，那声音，敌人在三英尺以外就听不见了，可妈妈即便在三倍距离之外都能听得一清二楚。其他毛茸茸的小东西也都叫起来，恐怕连他们自己都会觉得太闹了，但对于他们的喜悦来说，这可真是一点也不过分。

太阳已经升得老高，天气热起来。去溪边还得穿过一片开阔地，妈妈仔细察看周围，没有发现敌人，就让孩子们都躲到她那扇子似的大尾巴下面，免得中暑，等走到溪边的灌木丛那儿，才让他们出来。

突然蹦出一只白尾兔，可把他们吓坏了。幸好他屁股上竖了一根白旗，表示休战。他是一位老朋友。那天小松鸡们长了不少见识，其中一条就是兔子跑到哪儿都带着白旗，而且绝对遵守休战协议。

接着他们开始喝水。溪水干净极了，可愚蠢的人们居然叫它“烂泥溪”。起先，小家伙们不知道怎样喝，就模仿妈妈的样子，很快学会了，还学会了每喝一口就说一声感谢。十二只棕色或金色的小圆球在小溪边站成一排，二十四只粉色的小爪子，十二只金色的小脑袋，一边喝水，一边优雅地鞠躬致谢，和他们的妈妈一模一样。

然后，妈妈让他们回到她的大尾巴下面，抄近路来到海狸草地的另一边。那儿有一个长满青草的大土堆，妈妈很早就留心这土堆了。要想把一窝小松鸡养大，可需要好几个这样的土堆。因为这儿是蚂蚁山。妈妈爬上山顶，四下里张望一番，便用爪子使劲刨几下。松散的蚂蚁山被打开了，泥土筑成的蚁道毁坏了，顺着山坡往下滚。蚁群涌出来，乱作一团。有些蚂蚁漫无目的地一个劲儿往山下跑，有些机灵一点的就开始搬运白色的蚁卵。松鸡妈妈来到孩子们面前，“咕咕”叫着，啄起一颗肥嫩嫩的蚁卵，把它摔在地上，又啄起、摔下，重复几次，最后把蚁卵吞下了肚。小松鸡们站在一边看着，那个老大也啄起一颗蚁卵，摔了几次，猛地把它吞了，这样他就学会了吃东西。不到二十分钟，就连最小的那只也学会了。真是太美味了！妈妈继续刨蚂蚁山，更多的蚁道顺着山坡滚下来，孩子们争抢着美味的蚁卵，最后每一个小家伙都把嗉囊塞得变了形，再也吃不下了。

松鸡母子小心翼翼地沿着溪流走，来到一片长满刺藤的沙滩上。他们就在刺藤严密的保护下，躺了整整一个下午。凉爽的细沙滑过灼热的脚爪，小松鸡们第一次领略到这种惬意的享受。他们的模仿力真是强，学着妈妈的样子侧躺着，用小爪子搔搔痒，又振一振小翅膀。虽说他们还没有长出真正的翅膀，只不过是两侧各有一个小小的尖角。那天晚上，妈妈把他们带到附近一片干燥的灌木丛中。地上铺满枯叶，要是有敌人悄悄走近，一定会踩出声响；纵横交错的灌木枝又能够阻挡从天而降的敌人。妈妈把孩子们安置在一个羽毛搭成的窝里，满心喜悦地看着他们安然依偎在她温暖的身边，在睡梦中低声啁啾。

二

到了第三天，小松鸡们的腿脚稳健多了。他们不用绕着橡果走了，甚至还能够攀爬到松球上，即将长成翅膀的那两个小尖角上也已经出现青色的羽毛管。

对他们来说，生活始于一位好妈妈、一副好腿脚、一些可靠的本能，以及刚刚萌芽的理智。本能，也就是与生俱来的习惯，告诉他们，一听见妈妈的呼唤就要躲起来，要紧紧跟着妈妈。然而，让他们在太阳直射的时候躲进妈妈尾巴下面的，却是理智。正是从那一天起，理智开始越来越深地进入他们逐渐展开的生活之中。

之后的那天，羽毛管萌出了羽毛的尖端。又过了一天，羽毛完全长出来了。一个星期之后，这窝毛茸茸的小宝宝已经拥有强壮的翅膀了。

不过不是所有的小松鸡都是这样。最小的那个从第一天起就病恹恹的。他破壳而出之后，有好几个小时身上还带着半个蛋壳。和哥哥们比起来，他走动得更少，叫得却更厉害。一天晚上，有只臭鼬来进攻，妈妈“咕喂，咕喂（快飞，快飞）”地招呼他们，这个小弟弟落到了最后。等妈妈把孩子们重新召集到松树坡的时候，他失踪了，从此他们再也没有见过他。

而他们一直在接受训练。他们懂得了最好的蚱蜢都集中在溪边的长草丛里；懂得了醋栗丛会落下滑溜溜、胖滚滚的青虫；懂得了远处树林边隆起的蚂蚁山就是他们的粮仓；懂得了草莓虽然不是昆虫，却也一样美味；懂得了蝴蝶又好吃又安全，只要他们能捉得到；懂得了枯树上掉下来的树皮里会藏着各种各样的好东西；还懂得了泥蜂、小黄蜂、毛毛虫以及百脚[①]最好都不要去碰。

进入七月，那是莓果的季节。最近一个月来，小松鸡成长的速度简直快得惊人，个子大了许多，妈妈要想保护他们，就只得一整夜都站着了。

他们每天都去洗沙浴，不过换了一个地势更高的地方，在那儿洗浴的还有其他各种各样的鸟儿。起初妈妈不喜欢去这样一个别的鸟儿都用过的地方，但那儿的沙土的确非常细洁舒服，孩子们也总是兴高采烈地跑去，所以妈妈也就把她的顾虑抛在一边了。

两个星期之后，孩子们都无精打采起来，松鸡妈妈自

① 百脚：蜈蚣的俗称。

己也感觉不舒服。他们老是感觉饿得慌，虽然吃了很多，却一个个越来越消瘦。妈妈最后一个受到传染，可一旦病情发作，症状就非常严重——饥饿、发烧、乏力。她一直不明白这病的起因。她怎么会知道病因就是那些被反复使用的沙土呢？一开始，本能就告诉她别去那里洗浴，现在又促使她避开。那些沙土里果然长满寄生虫，并让她们全家受了感染。

任何一种本能冲动都是有原因的。这病该如何治？松鸡妈妈只有听从本能。她焦急地寻找一样东西，这东西究竟是什么，她说不上来。一种强烈的冲动在催促她去吃，或者试着去吃每一样看上去可以吃的东西，催促她去寻找树林里最阴凉的地方。在那儿她找到一棵毒漆树，树上结着毒果子。要是在一个月以前，她根本不会碰这棵树，而现在她却吃了树上的果子。那果子看上去一点都不好吃，但是那又苦又辣的汁水却似乎满足了她身体里某种奇怪的需要。她吃啊吃啊，孩子们也都来大吃特吃这种奇怪的药物。没有哪一位人类医生能做到这样妙手回春。原来那是一种辛辣的烈性泻药，可怕神秘的敌人被打败了，危险过去了。然而，并不是松鸡家的每一个成

员都能化险为夷。对于两只小松鸡来说，自然，这位经验丰富的护士，来得太晚了。这是一个不容改变的法则，体质最弱的将被淘汰。疾病让他们变得非常虚弱，而这药的力量又太强烈了。他们在小溪边不停地喝水，到第二天早晨，当其他孩子跟着妈妈出去的时候，他们俩却一动不动。不过，他们以一种离奇的方式报了仇，那只臭鼬——他应当知道他们失踪的小弟弟的下落——发现了他们的尸体，并且一口吞下肚去，却被他们吃下的毒药送掉了性命。

还有七只小松鸡跟着妈妈。他们很早就流露出各自的性格，现在愈加明显了。体弱的都已经死了，活下来的当中还有一个小笨蛋和一个小懒虫。妈妈难免对其中几个孩子更偏爱些。她最喜欢的是老大，也就是当初趴在枯叶上的那只。不仅是因为在这一窝小松鸡中数他最大、最壮、最漂亮，更重要的是，他还最听话。每当妈妈发出“呃呃（危险）”的警告，总有几只小松鸡还是要去走危险的小路，或是去碰可疑的食物。但是老大似乎天生就很乖巧，一听见妈妈轻轻地喊“咕哩（过来）”，他就会跑到妈妈身边。听话的天性使他受益匪浅，他因此活得最久。

八月是脱毛的季节，现在小松鸡们已经有成年鸡的四分之三那么大了。他们学会了很多东西，开始觉得自己非常聪明了。当他们还很小的时候，必须睡在地上，好让妈

妈保护他们，而现在他们大了，也就不需要这样了，妈妈开始教他们如何过成年的生活。他们应该在树上过夜。小黄鼠狼、小狐狸、小臭鼬以及小水貂已经开始到处跑了。在地面过夜一天比一天危险，所以太阳一落山，妈妈就喊“咕噜”，然后就飞到一棵枝叶茂盛的矮树上去了。

孩子们都跟着飞上了树，只有那个固执的小傻瓜还一定要像往常那样睡在地上。第一天还平安无事，可是到第二天夜里，他的兄弟们却被他的叫声惊醒了。先是轻微的扭打声，接着便是一片寂静，只有低低的咬骨头和咂巴嘴的声音，叫他们心惊胆战。他们悄悄向下张望，只见黑暗中有一双靠得紧紧的眼睛在闪闪放光，还有一股特殊的霉味，于是他们明白了，杀害他们傻兄弟的凶手是一只水貂。

现在，六只小松鸡夜里排成一排，妈妈在他们中间，有时候也会有一只小松鸡把冰凉的小爪子落在她背上歇息。

他们的教育还在继续，妈妈要教他们呼啦起飞了。只要松鸡愿意，他完全可以悄无声息地起飞，但有时候，起飞时必须发出“呼啦”声，所以松鸡妈妈将要教会孩子们怎样“呼啦”一声起飞，以及应该在什么时候用这一招。呼拉起飞有许多好处：可以警告附近的松鸡危险就要来临，可以吓住猎人，还可以把敌人的注意力吸引到起飞的松鸡身上，这样其他松鸡就能悄悄溜走，或者躲藏起来。

如果松鸡有格言的话，那恐怕会是：“敌人和食物，每个月都不同。”到了九月份，松鸡的食物不再是莓果和蚁卵，而成了种子和谷物，他们的敌人也不再是臭鼬和水貂，而成了猎人。

小松鸡已经很清楚狐狸的底细了，却难得看见猎狗。要对付狐狸，飞到树上就行，而当松鸡妈妈发现老卡迪带着他那条短尾巴黄狗出现在山谷里的时候，她却大叫：“咕喂，咕喂！（快飞，快飞！）”两只小松鸡听见了，感到非常遗憾，因为妈妈居然在一只“狐狸”面前丧失了理智。他们很乐意显示一下自己超人的勇气，于是，尽管妈妈一再催促他们“咕喂！咕喂！”尽管她已悄悄起飞，他们却还是自作主张地跳到了树上。

这时候，那条怪模怪样的短尾巴“狐狸”跑到树底下，冲着树上的小松鸡狂吠个不停。小松鸡觉得这只“狐狸”以及他们的妈妈和兄弟们真是可笑，他们乐坏了，都没有注意到灌木丛中传出一阵沙沙声。紧接着，“砰！砰！”两只血淋淋的松鸡应声落地，被黄狗猛地抓住，一通乱咬。猎人从灌木丛里钻出来，夺走了松鸡的尸体。

Ernest Seton Thompson

三

卡迪住在多伦多北部顿谷附近一座东倒西歪的木屋里。他的生活非常符合希腊哲学家所谓的理想状态。他没有钱财，没有税负，没有虚名，也没有值得一提的产业。每天的时间，用来工作的少，用来玩乐的多，想在野外逛多久，就能逛多久。他自以为是真正的玩家，因为他就爱打猎，而且一开枪看见那些畜生掉进烂泥，心里别提多美了。邻居们认为他常常侵占公共领地，除了有固定的地方睡觉，实在和流浪汉没什么两样。他一年到头尽在打猎、设陷阱，虽说打到的猎物会因为季节变化而有所不同，但有人听见他曾夸下海口，说即使不看日历，也能根据松鸡的口感来判断月份。这当然能说明他的观察力很敏锐，不过也证明了他干过一些很不光彩的事情。法律规定，捕猎松鸡的季节始于每年的九月十五日，而如果卡迪提前两周就打猎，也并不出人意料。每一年他都能想法子逃脱惩罚，甚至还挖空心思地想上报纸，当一回热点人物呢。

卡迪很少射击鸟的翅膀，而喜欢一枪要了他们的命。这很难做到，因为有树叶挡着，也正是这个原因，小松鸡才能够安全地长到这么大。而现在，很快就会有其他猎人发现他们了，所以卡迪更下定决心要端了这窝鸟。当松鸡妈妈带着四个幸存的孩子飞走的时候，他没有听见翅膀扇动的声音，于是便带上那两只死松鸡，回他的木屋里去了。

小松鸡们这才知道狗和狐狸不一样，必须用另一种办法来对付。而那条古训也更深地刻进他们的心里："服从才能长寿。"

他们小心翼翼地躲开猎人和其他宿敌，九月份就这样过去了。他们还是选择枝干细长、树叶茂密的硬木树过夜，这样既可以不受空中敌人的侵犯，也可以避免地上敌人的进攻，这样他们就没有什么可害怕的了，除了浣熊。而当浣熊爬树的时候，总会踩弯枝条，发出缓慢、沉重的脚步声，他们就能及时得到警报。树叶开始飘落。"敌人和食物，每个月都不同。"现在的食物是干果，敌人则是猫头鹰。北方迁来的猫头鹰使这里的猫头鹰数量增加了一两倍。夜里开始降霜，浣熊的威胁也已减少，所以松鸡妈妈搬到一棵树叶最稠密的铁杉树上过夜了。

有一只小松鸡不理睬妈妈"咕噜，咕噜"的警告，坚持留在光秃秃、摇晃晃的榆树枝上，结果天还没亮，他就被一只黄眼睛的大猫头鹰叼走了。

现在松鸡妈妈只剩下三个孩子，不过他们几乎和妈妈一般大了，而那个老大的身量都超过了妈妈。他们已经长出了颈毛，虽然只有一点点，但也能看出将来的样子，这令他们非常自豪。

松鸡的颈毛，就和孔雀的尾巴一样重要，那是他们身上最美、最值得骄傲的地方。雌松鸡的颈毛是黑色的，泛着淡淡的绿色光泽，雄松鸡的颈毛则更大更黑，绿色的光泽也更深更亮。偶尔会有一只松鸡天生就身材高大，颈毛不仅比普通松鸡大，而且色彩更鲜艳，深红中夹杂着紫色、绿色甚至金色。这样的松鸡，谁见到都会赞叹。松鸡妈妈家的老大，就是那只曾经趴在枯叶上，妈妈说什么都服从的小家伙，在橡果月还没有过去的时候，就长出了金红相间、灿烂夺目的颈毛——“红颈”的大名由此而来，他是顿谷里最有名的一只松鸡。

四

橡果月底，也就是十月中旬的一天，松鸡一家正鼓着嗉囊，在阳光灿烂的海狸草地边一棵大松树桩旁晒太阳，突然远处传来一声枪响。红颈猛然感到身体里有一种冲动，

这明媚、晴朗、舒适的天气让他异常兴奋，他跳上树桩，神气活现地上上下下跳了几次，然后竟“呼啦啦”拍打起

翅膀来。他把翅膀拍打得越来越响，仿佛在尽情发泄自己的满腔活力，就像是一匹小马驹正撒着欢儿表达内心的喜悦，后来他无意中发现拍翅膀的声音如同击鼓，发现自己原来充满了力量，便愈加起劲地鼓动着空气，最后激起其他雄松鸡的回应，附近一带树林里到处回荡着拍打翅膀的巨大声响。他的兄弟姐妹见了，都又羡慕又惊讶，他妈妈也是一样，但是从此以后，她就有点怕他了。

十一月初，一个离奇的敌人出现了。出于一种奇怪的自然法则——这种法则在人类中也并非完全没有，松鸡在他们出生第一年的十一月份都会变得疯疯癫癫。他们都像着了魔似的渴望换个地方，至于换到哪儿去，却并不重要。在这期间，即使是最聪明的松鸡也会做出各种傻事来。夜里，他们拼命地四处乱飞，结果有的被电线截成两半，有的冲进灯塔或者一头撞上火车头灯。

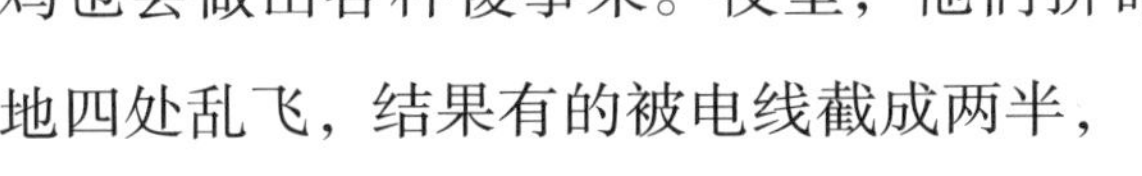

白天，他们则莫名其妙地出现在房子里、沼泽地里、大城市的电话线上，甚至海船的甲板上。这种疯狂举动似乎是以前迁徙习性的遗存，不过它至少

有一个好处，那就是打破了原来的家庭，避免了近亲婚姻，而近亲婚姻无疑会让他们绝种。有许多小松鸡会因此在出生的第一年死去；到了第二年秋天，因为这种病会传染，所以还可能发生；而到第三年秋天，就看不到了。

当松鸡妈妈发现带霜的葡萄颜色开始变深，发现枫树开始落下火红和金黄的树叶，她就知道疯狂马上会降临到孩子们头上。她对此无能为力，唯一可做的就是好好照顾他们的身体，把他们带到树林里最僻静的地方。

当一群南迁的大雁鸣叫着飞过他们头顶时，第一个迹象出现了。孩子们从没见过这种长脖子的“老鹰”，都很害怕。但他们看见妈妈并不惊慌，便鼓起勇气，兴致盎然地观察起这些“老鹰”来。究竟是那野性的鸣声打动了他们，还是隐藏在他们体内的冲动显露了出来？一种奇怪的渴望占据了小松鸡们的内心——他们要追上这群大雁。大雁高亢地鸣叫着，箭一般飞远了。小松鸡们还在张望，他们找到一个更高的地方，继续目送大雁离去。从这一刻起，情况开始变化。十一月的月亮越来越圆，终于满月了，疯狂也随之降临。

最弱的小松鸡，受到的影响最大。这个小小的家庭从

此四分五裂。红颈一连几个晚上游荡了很远。本能促使他向南飞，最后来到一望无垠的安大略湖，于是他只好飞回来。疯狂月快结束的时候，他孤零零地回到了烂泥溪。

五

冬天来了，食物越来越少。红颈一直待在峡谷以及泰勒山的松树坡一带，每个月份都会给他带来不同的食物、不同的敌人。疯狂月带来的是疯狂、孤独和葡萄；雪月带来蔷薇果；风暴月带来桦树的嫩芽和银色的暴风雪，冰雪封锁了树林，要费很大劲才能保住栖息的树枝，啄开冻住的芽苞。这些活儿使红颈的喙磨损得相当厉害，即使闭上嘴，弯弯的喙后面还是有一条缝。不过大自然早就替他想到了解决脚底打滑的办法。他的脚趾在九月里还是纤细光滑的，现在已经长出一排排锐利的角质尖齿，天

气越冷，这尖齿就越硬越长，当第一场雪落下来的时候，他已经将雪地靴和防滑鞋穿戴整齐了。寒冷把大多数老鹰和猫头鹰都赶走了，那些四条腿的敌人，也不可能悄悄靠近而不被发现，所以总体情况还不算太坏。

他每天都要出去觅食，常常越飞越远，最后找到了玫瑰谷河、弗兰克城堡和切斯特森林。经过一番探索，他发现玫瑰谷河两岸种满黄桦树，弗兰克城堡遍布葡萄和花楸果，而在切斯特森林里，唐棣和五叶地锦摇曳着果实累累的枝条，积雪下白珠树结满了浆果。

很快他就发现，不知什么原因，猎人不会走进弗兰克城堡的高墙。于是他就在这美丽的地方住下来，不断发现新的地方、新的食物，一天比一天聪明，一天比一天俊俏。

他无亲无故，但似乎并不因此而难过。无论到哪里，他都能看见山雀无忧无虑地跳来跳去，便想起他刚出生那会儿还把山雀当作庞然大物。山雀是树林里傻乎乎的乐天派。秋天还没有完全过去，他们就开始老调重弹，唱起“春天就来”，即便在风雪交加的严冬，

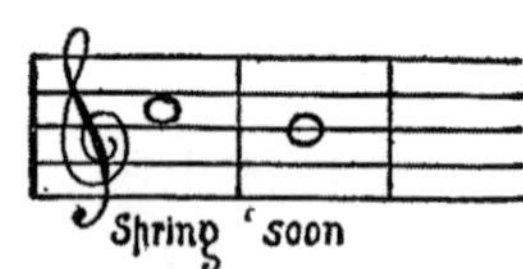

他们依然唱得那么起劲，直到饥饿月——我们所说的二月——快要结束的时候，这歌才算真正有了些意义，而他们也就加倍努力地向全世界唱出他们乐观的宣言，透出一种“我老早就说过”的口气。

他们不久就找到了证据，因为阳光越来越温暖，弗兰克城堡南坡的积雪开始慢慢融化，露出芬芳的冬青。冬青的果实为红颈带来充足的食物，他再也不必使劲啄冻住的芽苞了，终于能够让自己的喙慢慢恢复原状。没过多久，第一只蓝鸟飞来，用颤音高唱“春天来了”。太阳越来越有力，终于有一天，就在复苏月三月，天色尚未透亮，空中传来一阵嘹亮的“呱呱”声，乌鸦大王银斑率领他的队伍从南方飞回来了，他正式宣布：

“春天已经到来。”

整个大自然都在发出回应，这宣言为鸟儿们拉开了新年的序幕，而最打动他们的恐怕还是宣言背后的某种东西。山雀简直乐疯了，他们一刻不停地唱着“春天了，春天了，春天春天春天了——”都叫人怀疑他们怎么还会有时间找吃的。

红颈被深深打动了。他兴奋地跳上树桩，一遍遍拍打

翅膀，那“嘭、嘭、嘭嘭嘭”的声响在小小的山谷间引出低沉的回音，唱出春天带给他的喜悦。

山谷外面就是卡迪的木屋。他听见这击鼓般的声响打破了早晨的宁静，就估摸着有只雄松鸡正等他呢，便带上枪，偷偷溜进山谷。可是，红颈已经悄悄飞走了，一直飞到烂泥溪才落下来休息。他再一次登上去年秋天他第一次拍打翅膀的那个树桩，再一次拍打出嘹亮的声响。有个小男孩正抄近路穿过树林去磨坊，听见这声响吓坏了，急忙跑回家去告诉妈妈说，印第安人要打过来了，因为他听见他们在山谷里擂战鼓。

一个快活的小男孩为什么要打呼哨？一个孤独的年轻人为什么要叹息？他们自己并不知道，就像现在红颈不知道他为什么每天都要跳上松树桩，对着树林一个劲地拍打翅膀，还要昂首阔步，欣赏自己那被阳光照耀得绚丽夺目的颈毛，然后再次响亮地拍打起翅膀。他渴望有谁来欣赏他的羽毛，这个奇怪的念头究竟是从哪里来的？为什么柳树月到来之前，他从没有过这样的想法？

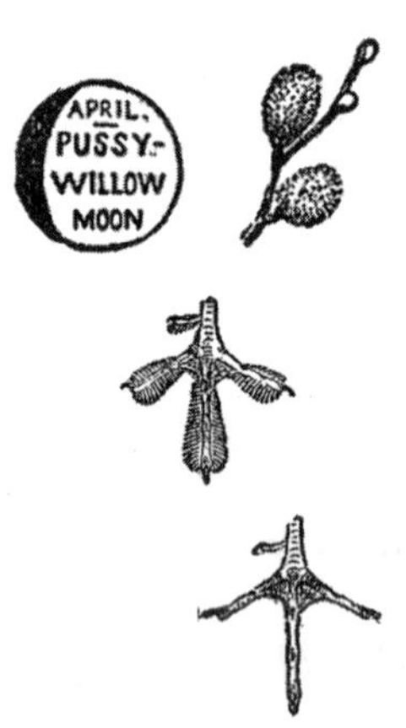

“嘭、嘭、嘭嘭嘭——”

“嘭、嘭、嘭嘭嘭——”

他一遍又一遍猛力拍打着翅膀。

每一天他都在寻找最称心的树桩，渐渐地，在他那对明亮犀利的眼睛上面，长出一个玫瑰红色的漂亮冠子，脚上那双粗笨的雪地靴也完全褪去了。他的颈毛越发神气，眼睛越发明亮，当他在阳光下雄赳赳地走来走去时，那样子真是光彩照人。可是——唉，他现在太孤独了！

但他除了这样盲目地击打翅膀，又有什么办法来表达内心的渴望呢？就这样到了美丽的五月，延龄草在他栖身的树桩边洒上星星点点的银色。他不停地拍打着翅膀，突然灵敏的耳朵捕捉到一个细微的声音，是灌木丛里传出的脚步声。他转过头去张望，他知道有谁也在呆呆地望着他。这可能么？是的，就在那里，有一个身影——是他的同类，一只小巧、腼腆的雌松鸡，正羞答答地要躲藏起来。他一下子飞到她身边。一种从未有过的感觉令他的心燃烧起来，而清凉的泉水就在眼前。他是多么骄傲地舒展羽毛，向她炫耀！他怎么知道这样做就能取悦于她？他尽量站在阳光下，抖动着羽毛，让它们反射出太阳的光辉。他神气地迈着步子，轻柔地鸣叫着，那声音和其他动物的“甜言蜜语”一样动人，显然他已经赢得了她的芳心。其实，好几天以前，她就已经倾心于他，可惜他不知道。整整三天她都被那响亮的“嘭嘭”声吸引过来，满怀爱慕地站在一边望着他。可是距离这么近，他居然一直没有发现她，都让她有点生气了。还算幸运，她轻轻的踩脚声让他听见了。现在她温顺而优雅地低下头——沙漠走到了尽头，干渴的流浪者终于找到了泉水。

啊！多么明媚、快乐的日子，多么可爱的小溪，虽然它的名字实在不动听。阳光从来没有这样灿烂过，松林的芬芳比梦境还要香甜。这只高贵的雄松鸡每天都要站在他的树桩上，有时候和她一起，有时候独自一个，响亮地鼓动翅膀，只为了生的喜悦。可是，为什么他有时候是独自一个？为什么没有时时刻刻和他那个甜美的小新娘在一起？为什么她在他身边待上几个钟头，一起吃喝一起嬉戏，然后就找个机会悄悄溜走，要等好几个钟头，甚至要到第二天才会回来，任凭他在树桩上鼓动翅膀，焦急地等待她的到来？这是树林里的秘密，他永远不会懂得。为什么她在他身边的时间一天比一天少，后来竟只有短短的几分钟，而有一

天，她干脆不来了。第二天，不见她。第三天，还是不见她。红颈急疯了，他飞来飞去找她，站在树桩上拍打翅膀，又飞到小溪上游的一个树桩上，然后飞到另一个山谷里，一遍又一遍地鼓动翅膀。到了第四天，当他回到原地，像他们初次见面时那样大声呼唤她的时候，他听见灌木丛里传来一个细微的声音，接着，他看见他的小新娘走出来，身后跟着十只啁啾的松鸡宝宝。

红颈一下子飞到她身边，把那些大眼睛的小家伙们吓坏了。他发现，他们比他更依赖她，这不免让他有点沮丧。不过他很快就适应了新变化，和妻子一起照顾孩子们，这可是他的爸爸从来没有做过的事。

六

松鸡世界难得有好爸爸。松鸡妈妈总是独自筑巢，孵出小松鸡。她甚至不让松鸡爸爸知道巢筑在哪里，只是在拍打翅膀的树桩上、吃东西的地方，以及松鸡俱乐部——沙浴场上和他见面。

这窝小松鸡刚出生的时候，小妈妈把全部心思都放在他们身上，而把那位神气十足的爸爸完全抛在脑后。不过，三天之后，小宝贝们结实多了，她听见爸爸的呼唤，就带着孩子们去见他。

许多松鸡爸爸对孩子不管不顾，红颈可不是这样，他立刻和小妈妈一起担负起照顾孩子的重任。孩子们开始学习怎样吃食喝水，很久以前，他们的爸爸也是这样学习的。他们已经能够蹒跚着到处走了，有妈妈在前面开道，爸爸则在一旁保护着，或者远远地跟在最后。

又过了一天，他们去山坡下的小溪边，一家子走起来仿佛一串珠子，两颗大珠子分别镶在两头。一只红松鼠躲在一棵松树上偷看，发现队伍中有一只个子最小的松鸡宝宝远远落在后面。而这时候，红颈正好在一棵高高的树上梳理羽毛，松鼠没有看见他。看起来正是一个绝好的机会，松鼠突然间起了一个莫名其妙的怪念头，想尝一尝小松鸡的滋味。他猛地扑下去，想截住落在最后的那个小个子。等小妈妈发现这个敌人，已经来不及了，但红颈及时赶到。他朝那红毛凶手直飞过去，挥起铁拳，也就是翅膀的关节，重重一击，正中松鼠的鼻梁。松鼠被击中要害，向后一个趔趄，滚进了灌木丛。他原本是想把小松鸡抓到那里去的，现在却是他自己倒在那里，流着鼻血。松鸡一家丢下他走了，松鼠后来怎么样，他们不知道，反正他再也没有惹过他们。

松鸡一家继续往小溪走。沙地上有一串深深的小坑，那是一头母牛走过时留下的足迹，一只小松鸡跌进一个坑

里，怎么也爬不出来，他惊慌地“啾啾”直叫。

这可难办了。爸爸妈妈也不知道该怎么做。幸好当他们绕着小坑团团转的时候，坑边缘的沙土陷下去，形成了一个斜坡，小松鸡就沿着斜坡爬了上来，又和兄弟姐妹们一起回到妈妈的尾巴下面。

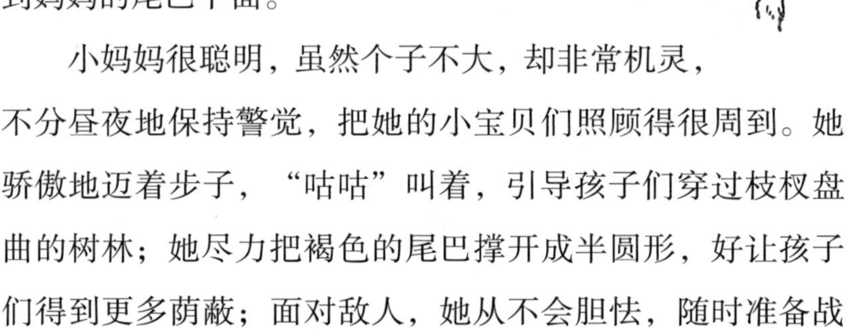

小妈妈很聪明，虽然个子不大，却非常机灵，不分昼夜地保持警觉，把她的小宝贝们照顾得很周到。她骄傲地迈着步子，“咕咕”叫着，引导孩子们穿过枝杈盘曲的树林；她尽力把褐色的尾巴撑开成半圆形，好让孩子们得到更多荫蔽；面对敌人，她从不会胆怯，随时准备战斗或者飞走，只要对孩子们有利，她就会去做。

小松鸡还没有学会飞行，就遇到了老卡迪。虽说还是六月里，卡迪已经挎着枪出动了。他来到第三山谷，黄狗泰克跑在前面，渐渐逼近松鸡一家。红颈迎上去，施展那套屡试不爽的手段，把愚蠢的泰克引开，一路追到顿谷去了。

可卡迪还是朝着小松鸡的方向找过来。小妈妈立刻发出信号：“咕噜！咕噜！（藏起来！藏起来！）”然后冲出去，想用丈夫引开黄狗的那个办法去引开猎人。这位慈爱的母亲，她的林中经验非常丰富。她静悄悄地跑着，直到接近卡迪了，才“呼啦啦”拍动翅膀，朝他劈面飞去，然后一下子跌在落叶上。她假装瘸腿的样子，一时间还真骗过了这个偷猎的坏蛋。可是，当她拖着一边翅膀在他脚边哀鸣，并且慢慢挪开身子的时候，他已经明白了，她不过是在耍花招，想把他从小松鸡这边引开。他对准小妈妈狠命一击，好在她非常敏捷，一下子躲开了，跳到一棵小树后面，然后又痛苦地跌倒在地，仿佛更瘸了。卡迪又举起棍子猛打，但她再次及时避开，继续勇敢地想把他从那些无助的孩子身边引开。她扑到他面前，将柔软的胸脯重重撞到地上，嘴里呻吟着，仿佛在向他求饶。而卡迪又没打到她，便举起枪。那弹药足可以杀死一头熊，霎时间，勇敢的小妈妈颤抖着倒下，血肉模糊。

这个残忍的凶手断定小松鸡就藏在附近，开始四处搜寻。但是小松鸡全都一动不动，一声不吭，他一只也没有发现。他恶狠狠地肆意乱踩，却一次又一次踏过他们藏身的地方，有好几只小松鸡被他活活踩死，而他却毫无察觉，也毫不在乎。

红颈把那条凶恶的黄狗引到小溪下游，然后回到和妻子分别的地方。凶手已经离开，带走了她的尸体，准备去喂狗。红颈到处寻找，发现了那摊血迹，四周散落着羽毛，他妻子的羽毛，这时他才明白那枪声意味着什么。

谁能体会他的恐惧、他的悲伤！他并没有流露出什么，只是呆呆地凝视着那一片狼藉，几分钟之后，他想起了孩子们，立刻抖擞精神，“咕哩，咕哩”地呼唤他们。这神奇的呼唤有没有让每一个孩子都走出来？没有，出来的只有一半多。六只小绒球睁开亮晶晶的眼睛，站起身向他跑来，而另外四只却依然待在藏身的地方，那儿成了他们的坟墓。红颈叫了一遍又一遍，最后他确信所有能够回应的孩子都已经来了，这才带领他们离开了这个伤心地。他们逆着溪流走了很远很远，来到一个布满铁丝网和刺藤灌木的地方，那里虽然并不惬意，却至少要安全得多。

小松鸡慢慢长大，他们的爸爸将他从自己妈妈那里学来的知识一一传授给他们，而且他的知识更广博，经验更丰富，所以教得更好。他对这一带非常熟悉，哪里食物充足，他了如指掌。他还知道怎样对付危害松鸡生命的各种疾病，因此当夏天过去的时候，每一只小松鸡都活了下来，而且都很健壮。到了九月猎人月，他们已经成年，由威风凛凛的红颈率领着。妻子死后，红颈整个夏天都没有鼓动过翅膀，但是松鸡不可能不鼓动翅膀，就像云雀不可能不引吭高歌，那既是他

的情歌，更是他健康和精力的表现。八月脱毛月过去之后，九月里的食物和爽朗的天气令他的羽毛焕然一新，他重新鼓起精神。有一天，他回到那个老树桩，内心的冲动再次涌起，他终于跳上树桩，一遍又一遍响亮地拍打着翅膀。

从那以后，他就经常拍打翅膀了。每当这时，孩子们便围坐在他身边，偶尔也会有一只小松鸡跟着跳上旁边的树桩或者岩石，响亮地拍打起翅膀，因为父亲的血液在他体内流淌。

葡萄变深了，疯狂月到来了。不过，红颈家的孩子们都很强壮，因此头脑也很健康，虽然疯狂也在他们身上发作，但一个星期之内他们就都恢复了，只有三只小松鸡飞走后再也没有回来。

下雪了，红颈和剩下的三个孩子回到烂泥溪。轻盈的雪片漫天飞舞，天气不算太冷，松鸡一家就伏在低矮的柏树枝下过夜。风雪又持续了一整天，气温下降，白雪堆积起来。夜里，雪停了，但是霜冻更加厉害，于是红颈带着孩子们来到一棵桦树上，一头扎进树下一个很深的雪堆。孩子们学他的样子，也扎进雪堆。风将松散的白雪吹进洞里，成了他们的被子，他们裹在里面，睡得很舒服，因为雪被子能够保暖，也非常透气。第二天早晨，松鸡醒来就发现面前有一堵结实的冰墙，那是他们呼出的热气凝结成的。不过，当红颈“咕哩，咕哩”地呼唤他们的时候，他们轻而易举就转过头，振翅飞起来了。

这是孩子们第一次在雪堆里过夜，不过对红颈来说，这早就是冬天里的家常便饭。晚上，他们又兴高采烈地钻进雪床，北风又替他们裹好雪被子。可是天气正在悄悄变化。夜里刮起东风，大雪转成冻雨，接着又转成白茫茫的大雨，天地间都被冰冻住了。第二天早上，松鸡们醒来想起床，却发现自己被死死封在一片无边无际的冰层下面了。

深处的积雪还比较松软，红颈慢慢钻到顶层，可是坚硬的冰壳挡住了他的去路，无论如何也出不去。他又敲又啄，用尽气力，还是打不开一点缝隙，翅膀和脑袋倒被撞得又青又肿。可以说，他的一生经历了无数大悲大喜，常常不知不觉间陷入绝境，但这一次恐怕是最危险的了。时间一分一秒过去，他的力气一点一点耗尽，自由却依然遥不可及。他能听见孩子们也在挣扎，有时候还能听见他们“唧——唧——”地叫着，向他求救，那声音真是凄惨。

虽说敌人找不到他们，可饥饿的痛楚却一阵阵袭来。夜晚降临，这些囚徒的挣扎没有丝毫作用，他们又饿又累，绝望地沉默下来。起先，他们生怕一旦狐狸过来，就只能束手就擒，而好不容易熬过一天一夜之后，他们不在乎了，甚至盼着狐狸过来，能打破坚冰，那样他们至少还有机会一搏。可是，当狐狸真的来了，“嗒嗒嗒”踩过冰面的时候，求生的本能又促使他们静悄悄地蜷缩成一团，直到狐狸走远。

接下来还是一个风雪天。北风驾着雪马，在银装素裹的大地上呼啸奔腾，洁白的马鬃飞旋翻卷，踢起纷纷扬扬的雪花。在雪粒持续有力的摩擦下，冰层似乎在变薄，因为原木就不是一片黑暗的冰层底下，似乎渐渐地明亮起来。红颈整天啄啊啄啊，头也痛了，喙也钝了，可是直到太阳落山，逃生的希望还是那么渺茫。这天夜里和前几天完全一样，只不过没有狐狸从头顶经过。天亮之后，红颈继续啄起来，但已经有气无力，也再没听见孩子们鸣叫、挣扎的声音。当天光大亮时，他看见不间断的努力有了一点点作用，冰层上出现了一个小亮点，于是他又无精打采地啄起来。外面，雪马又奔跑了一整天，冰层在它们的践踏下变得更薄了。到了傍晚时分，红颈终于钻透了冰层。这小小的成功燃起了新生的希望，他不停地啄着，不等太阳下山，他已经凿开一个洞，把头、脖子以及美丽的颈毛伸了出去。他的肩膀太宽，伸不出去，但至少现在可以从上往下啄了，这使他的力气增加了三倍。冰层很快裂开了，最后他跳出冰冷的囚室，重获自由。但是他的孩子们呢？红颈飞到最近的土丘上，急急忙忙吃了点蔷薇果充饥，然后回到那片冰层，一边叫着，一边猛力跺脚。回答他的只有一个微弱的“唧唧”声，他用锋利的爪子敲击变薄的冰层，很快把它打破。灰尾巴虚弱地爬了出来。她是唯一的幸存者，其他孩子分散在别的地方,他找不到他们,听不到他们的回答，也看不到任何迹象说明他们还活着，于是只得离开这个地方。当春天来临，积雪融化，他们的尸体才露出来，皮毛、骨头，仅此而已。

七

红颈和灰尾巴恢复得很慢，但是充沛的食物、足够的休息能够治愈一切疾病。终于，在隆冬时分一个晴朗的日子里，红颈又生气勃勃地跳上树桩，拍打起翅膀。究竟是这拍打声，还是他们的雪地靴留在雪地上的印记，向卡迪透露了他们的行踪？这家伙带着狗，背着枪，在山谷里反反复复搜寻着松鸡。他们早就认识他了，现在他也渐渐摸清了他们的情况。这只颈毛鲜艳的松鸡已经在顿谷一带出了名。在猎人月里，有许多人试图结果他的性命，就好像某个一钱不值的无赖试图焚毁世界奇迹来名扬天下。但是红颈的生存本领非常高强，他知道哪里可以躲藏，什么时候应该悄悄飞走，什么时候应该潜伏着直到敌人走过，然后在一码之内振翅起飞，躲到大树后面，再立刻逃走。

卡迪从来没有放弃过搜寻，他一定要打死这只红颈松鸡。他不止一次快枪出击，却不知怎么回事，总会被一棵树、一个土堆或是一个障碍物挡住。因此红颈依然安全地生活着，拍打着翅膀。

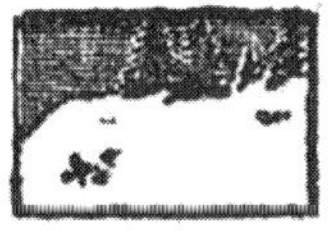

当雪月来临，红颈带着灰尾巴搬到弗兰克城堡旁的树林里，那儿食物丰富，古树繁茂，尤其是东面山坡上，在一片低矮的铁杉丛中，矗立着一棵高大的松树。它的枝叶铺展开来，直径有六英尺，最低的枝杈也有其他树的冠顶那么高，树顶则是蓝松鸦和他的新娘的避暑胜地。温暖的春日，在这猎枪打不到的地方，蓝松鸦对他的伴侣欢歌曼舞，舒展明丽的蓝色羽毛，鸣唱仙境里才有的甜美乐曲，而那甜美轻柔的歌声，除了他的伴侣，任何人都不会听见，任何书籍都不会记载。

红颈现在就和他唯一幸存的孩子住在这棵大松树附近。

他特别喜欢这棵树，但是让他注意的不是高高在上的树冠，而是树根。树根周围长满低矮的铁杉，缠绕着藤蔓，积雪下面还能挖出黑橡果，再也没有比这里更好的觅食地了。如果那个贪婪的猎人追到这里来，他们可以轻而易举地顺着铁杉丛跑到大松树那儿，然后“呼啦啦”飞到粗壮的树干后面，躲开威胁他们的枪弹，逃到安全的地方。在法律允许的杀戮季节，这棵松树不知多少次救过他们的命；也正是在这棵松树旁，卡迪了解了他们的觅食习惯，布下了一个新陷阱。

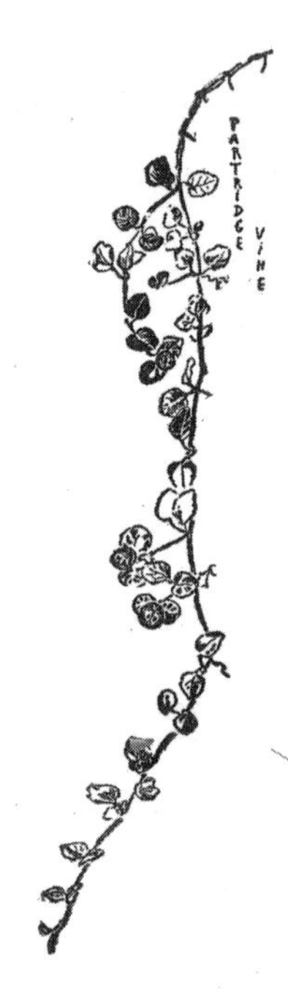

他隐藏在土丘下面，偷偷张望着，而让一个同伙绕到松树后面去把松鸡赶出来。那个同伙大步穿过矮树丛，红颈和灰尾巴正在那一带吃食。还没等猎人逼近，红颈就发出“呃呃（危险）”的警告，并向松树快速跑去，以防万不得已时起飞。

灰尾巴在稍远处的山坡上，突然看见另一个敌人就在眼前，是那条黄狗冲了过来。红颈离得比较远，又被灌木丛挡着，没有发现他。灰尾巴一下子吓坏了。

“咕喂，咕喂！（快飞，快飞！）”她一边叫，一边从山坡上奔下来。红颈要冷静得多，他“咕噜，咕噜（藏这边）”地喊着，因为他看见带着枪的猎人就在附近。他就要跑到大松树后面了，一边焦急地呼唤灰尾巴：“藏这边，藏这边。”突然，他听见面前的土丘底下传来低低的骚动，意识到那里有埋伏。这时灰尾巴一声尖叫，是黄狗向她扑了过去。她迅速飞向那棵能够保护他们的大树，离开了那个暴露在外面的猎人，却一头撞进山丘下那把暗枪的射程。

“呼啦啦”——这美丽而机敏的鸟儿优雅地飞上天空。

“砰”——她跌落下来，破碎的血肉染红了白雪。

红颈的处境非常危险。已经没有机会安全飞走，他只得伏下身子。黄狗离他不过十英尺远，卡迪的同伙正要与卡迪会合，离他不到五英尺，但他沉住气，一动不动地等待着，终于抓住机会溜到松树后面，最后安全地飞起来，飞向泰勒山边那个僻静的山谷。

残酷的猎枪一个接一个夺走了他的亲人，现在，他再一次陷入孤独。雪月慢慢过去，红颈一次次死里逃生，成了最后一只松鸡。人们无情地追杀他，他变得越来越难对付。

最后，卡迪发现要想靠枪捉住他，似乎只是浪费时间，于是，在积雪最厚、食物最少的时候，他想出了一条新的诡计，在红颈吃食的地方——那是风暴月里仅存的觅食好地方了——布下一排网。其中好几张被红颈的老朋友——一只白尾兔用尖利的牙齿咬破了，可还有几张在那儿，当红颈观察远处一个黑点会不会是老鹰的时候，一不留神踩到其中一张，一只脚被紧紧捆住，吊到了半空中。

难道对野生动物就不必讲伦理？难道他们就没有合法权利？人类凭什么要如此长久而残忍地折磨那些与他共同存活的生灵？难道仅仅是因为他们不说他的语言？整整一天，可怜的红颈都在忍受越来越强烈的疼痛。他用力拍打着宽大、强健的

翅膀，但一切挣扎都是徒劳，他永远失去了自由。就这样，他被吊了一天又一夜，他恨不得立刻死去。但是一个人影都没有出现。天亮了，时间慢慢流逝，他还是被吊着，一点一点死去，他的生命力竟成了一种惩罚。当第二个夜晚缓缓降临，在凝固的夜色中，一只巨鸮听见垂死的松鸡还在无力地扇动翅膀，便飞过来结束了他的痛苦。他做了一件大善事。

北风吹过山谷，雪马奔过高高低低的冰面，奔过顿谷平原，奔过沼泽，向着湖面奔去。它们就是滚动的积雪，那么洁白，而就在这一片洁白中，夹杂着深色的斑斑点点，那是彩虹般的颈毛残片，属于一只著名的松鸡。那天夜里，

这些羽毛乘着寒风，向南方飘去，飘过黑沉沉的湖面——在疯狂月里，它们也曾随着他从这里飞过，飘啊飘啊，直到顿谷最后一只松鸡的最后一丝痕迹被完全吞没。

现在，弗兰克城堡再也看不见松鸡的身影，那里的林鸟再也听不见雄壮的春之赞歌。而烂泥溪边的那个老松树桩，因为很久不用，便悄无声息地腐烂了。

溜蹄[1]的野马

一

乔·卡隆朝积尘的地上一摔马鞍，松开他的马，叮当作响地走进牧场大屋。

“快到饭点了？”他问道。

“还有十七分钟。”厨师瞥了一眼那座沃特伯里钟，说道。那样子活像个火车调度员，不过他那副讲究精确的派头至今没起过什么实际作用。

“佩里科那边情况怎么样？”乔的

① 溜蹄：赛马的一种步态，即步行时位于身体同侧的双腿会同时动作。

搭档问他。

“看了几眼，比以前热闹。”乔说，“牲口像是不错，牛犊子也很多。”

“我看到那群在羚羊泉边喝水的野马了，里头有几匹小马驹，有匹深色的太漂亮了，简直是天生的溜蹄马。我赶了他们一两英里，他在最前面，一步都没有走乱。后来我随他们去了，瞎追一阵，图个开心。呵！可就是没法让他乱了步子。”

“你空着肚子追了一路？”斯卡思有点不相信。

“行啦，斯卡思。上次打赌你输了，只好爬着走，如果你够男人，很快就可以再赌一把了。”

“开饭！”厨师高声喊道，话题就此暂且搁下。第二天，他们忙着赶牲口去别处，那些野马也就被忘记了。

一年后，同一批牲口涌入新墨西哥的同一个角落，他们又看见那群野马了。那匹深色小马已经一岁了，毛色乌黑，四肢修长干净，侧腹油亮。不止一个牛仔亲眼看见了这桩怪事：那匹小野马居然生来就会溜蹄。

乔也在场，他突然觉得这匹马驹值得拥有。对于东部人来说，这念头似乎既不稀罕也不新奇，但在西部，一匹未经驯服的马市价才五块钱，普通的骑行用马也就十五或者二十块。一般情况下，牛仔不会想到要去把一匹野马据

为己有，因为野马太难抓，就算抓到了，往往也不过成了头困兽，派不上用场，也难以驯服。不少牧场主说，一看到野马就该赶紧开枪打死，他们不仅白白挤占牧场，还总是把驯马引走，马一旦出了家门很快就喜欢上了野外的生活，再也不肯回去了。

“野人”乔·卡隆对野马了如指掌。“我经手过那么多马儿，白色的匹匹性格温顺；栗色的匹匹精力充沛；枣红色的呢，只要训练得法，没有差劲的；黑色的则都是铁石心肠，简直魔鬼附体。给一匹黑马安上爪子，他能灭了包围但以理[①]的那窝狮子。”

既然野马本就是无用的害人精，而一匹黑色的野马不仅没用，更是十倍的祸害，乔的搭档实在搞不懂他干吗非要驯服那匹一岁的马崽子，可他决心已定。不过，这一年他还没机会尝试。

他只是个月薪二十五块的牛仔，有限定的工时。像大多数牛仔一样，他一直梦想拥有自己的牧场和一班人马。

---

①但以理：《圣经》中的先知，曾被投入狮子洞中。

他已在圣塔菲注册了自己的烙印，那是个寓意不详的猪圈标记，他名下的动物却只有一头老母牛。这么一来，只要遇得到，他便能合法地往任何未经烙印的牲畜（或者未有标记的动物）身上加盖印记。

可每到秋天，工资一到手，乔就忍不住跟牛仔们进城乐呵一下,因为手头有的是票子。所以他的全部财产就不过是马鞍、铺盖卷和那头老母牛。他总巴望着能发财，好过上有钱人的生活。如今，他认定了那匹黑野马是自己的吉祥物，剩下的就是找准机会搏一把了。

他们赶着牧群绕了一圈去了加拿大河，秋天又回到唐·卡洛丘陵，乔却没有看见那匹溜蹄马，虽然从好几个地方的人的口中都听到了他的消息，因为小马驹如今已崭露头角，长成一匹年轻强健的三岁骏马，开始引来人们的议论。

羚羊泉在一片广袤平原的中部。水位高的时候，它便会扩大成一个小湖，四周莎草环绕；水位低的时候，则会现出一大片平坦的黑色泥地，有些地方泛着盐碱的白光，中央是一眼泉水。羚羊泉是死水，也没有湖口，水质却很不错，成了方圆数英里唯一可供饮用的水源。

这片平原，或者用北方人的叫法——大草原，是那匹黑色牡马最喜欢的草场,但同时也是牧牛放马常来的地方。主要的利益相关方是“LF”公司。公司经理，也是老板之一，名叫福斯特，是个雄心勃勃的人。他认为在牧场里改良牛马的品种有利可图，他的其中一项投资是买来十匹混种母马。那些马身材高挑，四肢匀称，眼睛跟鹿一样，让那些杂种的矮个马显得格外苦兮兮瘦巴巴，相形见绌得根本不像是同一个物种了。

除了一匹母马还在马厩里听命，另外的九匹一等马驹断奶后便设法逃了出去，游荡到了牧场上。

马儿有直觉，知道哪条路能找到最好的牧草。那九匹母马当然就一路往南，信步走了二十英里，来到了羚羊泉所在的大草原。那年夏天，福斯特去赶马的时候，他不光找到了那九匹母马，还看到有匹墨黑的牡马跟她们在一起。他守卫着她们，趾高气扬，昂首阔步走来走去，熟练地驱拢着那群母马。他一身乌黑，恰同女眷们金色的皮毛形成鲜明对比。

母马性情温良，要不是出了一点意料之外的新状况，赶回家是很容易的。那匹黑色牡马突然非常亢奋，他的狂野好像也带动了那些母马。他一会儿飞奔到这，一会儿飞奔到那，统领着整支队伍四处疾驰。他们走了，轻轻松松便把驮着牧人的那些矮脚马甩在了后面。

缠斗了一整天依然毫无进展，这委实令人恼火，两个人最后都拔出了枪，想找机会打死那匹“该死的牡马”。但根本没法下手，一旦开枪，十有八九丢性命的会是一匹母马。其实那牡马就是那匹溜蹄马，他始终把一家子聚在身边，最后消失在了南边的沙岗中。牧人只好骑着他们疲惫的矮脚马启程回家了，一路上他们咒骂个不停，说要向罪魁祸首报仇雪耻，勉强出了一口气。

这件事最恼人的地方就在于有了一两次这样的经历，母马就会跟野马一样无法无天，再要挽回似乎是不可能的了。

关于低等动物中雄性引起雌性崇拜的阳刚之美和勇武之力，科学家有分歧，但不管是单纯的异性崇拜还是对英勇气概的折服，有一点是肯定的：一头天赋异禀的动物很快就能打败对手，赢得大批雌性的芳心。这匹了不起的黑马，鬃毛乌黑，眼睛泛着绿光，一边穿过整个地区，一边

从其他牧群中吸引到越来越多的母马，最后他竟有了二十多个妻妾。多数不过是跑出来闲荡的卑贱矮种牝马，不过有了那九匹混血高个母马，本身就多了一支耀眼的小分队。传闻很多，都说那群马总是牢牢聚拢在一起，黑马看管起队伍来精力充沛又时刻防范，一匹母马一旦入了伙，对人来说就相当于丢了。牧人们很快就明白了，牧场上有了这样一匹野马，他的祸害比其他损失加在一起还要大。

二

那是一八九三年十二月，我初来乍到，正要从皮尼亚维提托河畔的牧场大宅坐马车前往加拿大河。我走之前，福斯特的最后一句话是："一有机会瞄准那匹该死的野马，立刻开枪结果了他。"

这是我头一回听说他，一路上我从向导杰克·彭斯那里听到了前面交代的故事。我满心好奇，想看看那匹大名鼎鼎的三岁野马。当我们第二天来到羚羊泉的大草原时，却既没看到那匹溜蹄马，也没看到他的眷属，我大失所望。

可又过了一天，当时我们正穿越阿拉莫萨河，又依着上升的地势来到绵延起伏的大草原。骑在前头的杰克突然压低身子扶住马脖子，转身对马车里的我说道：

“快拔枪，来了——那匹野马。”

我抓起步枪，赶紧驱车向前，驶到草原的高处。下方的凹地里有一群马，那匹大黑马就在马群一头。他多少听到了我们在靠近，疑心危险来临。他站在那儿，脑袋和尾巴笔挺，鼻孔大张，真是一匹完美英武的骏马，要把这高贵的生物变成一摊腐肉，光想想就令人胆寒。虽然杰克催促着“快开枪”，我却迟迟不动，反而跟目标拉开了距离。杰克做事向来雷厉风行，见状不由一边大骂我的迟钝，一边吼道：“把枪给我！”看他来夺枪，我扬起了枪口，不料枪走火了。

一时间，下面的马群陷入了惊恐，那大个子首领“呼哧呼哧”喷着气，又是嘶吼又是东奔西突。那些母马先是聚在一起，随后一同狂奔起来，只听马蹄隆隆，只见尘土飞扬。

那匹牡马一会儿跑到这边，一会儿跑到那边，眼睛不放过任何一个下属，把她们赶得远远的。我盯着他，直到看不见为止，他的步伐确实一次也没有乱。

杰克一口西部土话，骂我，骂我的枪，连带骂那匹野马，我却很高兴领略到了那匹溜蹄马的力与美。即便把那些母马通通给我，我也不愿伤害他光洁的毛皮。

三

捕野马有好几种方法。其中一种是“擦击法”，就是开一枪，子弹必须只擦伤那畜生后颈的一点皮，把他吓呆，随后绑住马腿。

“不错！但被打断脖子的野马我总见过不下一百匹了，从没见过‘擦’成功的。”“野人”乔审慎地评论道。

有时候，如果地形合适，是可以顺势把野马围赶进栅栏的；或者手头有几匹好马，也可以一路追击，但目前最常用的办法是比脚力，将他们累垮后再抓，尽管这貌似不太合情理。

那匹牡马很快便声名远扬了，都说他从不腾空跃起。他的步法、他的速度和他的气势都成了人们的谈资，传出了很多奇闻逸事。一日，“三角一条杠”公司的老

蒙哥马利突然来到克莱顿的威尔记旅馆，说假如传闻都是真的，他愿意悬赏一千块活捉那野马。许多年轻牛仔都跃跃欲试，想手头的活一干完就去搏一把，捞到这笔钱。可“野人”乔盯这笔交易盯了好久了，时间不等人，所以他不顾还有合同在身，忙活一夜备齐了必要的装备，奔赴猎场。

乔透支了他早已透支过度的信誉，动用了朋友们早已经利用殆尽的慷慨，组建了一支探险队：二十匹好马，一辆破四轮马车和够他自己、“搭档”查理和厨子三个人吃两星期的食物。

他们从克莱顿出发了，毫不隐瞒此行的目的：跟那匹迅捷如风的野马拼脚力，累垮他。第三天他们到达了羚羊泉。当时差不多是中午，所以看到那匹黑色溜蹄马率领一众母马浩浩荡荡下来喝水，他们丝毫不感到奇怪。乔一直躲着，由他们尽情喝个饱，因为一匹马口渴时永远比喝足水时行动更灵活。

随后乔悄然上前。距离尚有半英里，那溜蹄马却已警觉，他把队伍带上长满皂草的山坡，往南去了。乔骑马飞驰上山坡，终于重新看到了他们。他回来让身兼司机的厨子去南边的阿拉莫萨河。随后他追着野马群一路去了最南部。一两英里之后，他又看见了他们，便静静牵着马靠近，却又一次惊动了他们，马群向南跑去了。他骑马小跑了一个钟头，这一次并没有跟在他们后面，但他预判到他们可能的路线，抄了过去。果然就在不远处。他又一次静静靠过去，马群也又一次察觉敌情，又一次飞奔而去。他们就这样纠缠了一下午，越来越往南，等到日落时分，不出乔所料，他们离阿拉莫萨河不远了。马群再一次近在眼前了，乔先故意把他们吓跑，再策马奔回马车。他的搭档一直休息到现在，他骑上一匹精力饱满的马缓缓追了出去。

一切尽在乔的掌握之中。吃完晚饭，马车到达了阿拉莫萨河北边的浅滩，在那里安营扎寨，过了一夜。

与此同时，查理跟着马群。他们跑得不像刚开始那样远了，因为追赶的人没有要进攻的迹象，而且他们也习惯了他的存在。天色暗下来后，他们目标更明显了，因为队伍中有匹雪白的母马。天上挂着一轮新月，多少也帮了忙，那匹白马足以代表整个马

群了。查理任由胯下的马儿选择道路，始终静静跟在后面，直到他们消失在夜色之中。接着他下了马，卸下鞍具，拴好马，裹上毯子静静睡了。

黎明刚露出第一道光，查理就起了床，多亏有那匹白马，才走半英里他就找到了那队马。看他靠近，溜蹄马发出尖声嘶鸣，号令他的队伍飞奔起来。可刚走到第一座平顶山他们就停下了，左顾右盼想看明白这执着的跟踪者到底是谁，又要做什么。他们顶着天站定片刻，出神地看着，随后那匹溜蹄马完全认清了来人的面目，他临风一甩鬃毛，富有节奏地迈步走在前头，丝毫没有疲态。那些母马纷纷跟了上去。

他们离开了，这会儿正绕向西边，飞驰，追逐，赶上，再飞驰。如此往复几次后已近中午，他们越过了以前阿帕切族的瞭望台——野牛崖。乔已经守在此地了。看到一缕长烟，查理知道该回营了，于是拿出便携镜，反射阳光做了回应。

乔翻身上了新备的马，穿过悬石再次追上去，查理则回到营地吃饭、休整，随后溯流而上。

乔跟踪了一整天，必要的时候，他会设法让马群保持一个大圆圈的路线，好让马车像在圆上画切线那样走近道。太阳下山时他到了佛得岔口，查理早已备好了新的马和食物。乔重新踏上征途，依旧冷静、顽强。他又跟踪了一整晚。夜深时，那些马儿多少有点习惯了这位并没有歹意的陌生人的存在，渐渐容易被追踪了；而且，无休止地赶路，他们也累坏了。他们已经远离了牧草繁盛的地区；他们不像追在身后的马儿那样吃饱了谷物饲料，尤其是，不断处在紧张情绪中，肯定要承受不住了。这破坏了他们的食欲，却让他们口渴难耐。乔允许他们喝水，甚至一到有水的地方，就鼓励他们尽可能痛饮。大量的水会对一头奔跑中的动物造成什么影响，谁都知道——腿会变僵，呼吸也会不畅。乔留心提防他自己的马喝太多水，所以那天晚上，他们在那群精疲力竭的野马后面宿营的时候，他和他胯下的马都还精神着呢。

黎明时分，他一眼就发现他们在不远处。刚开始他们还是跑了，但没走几步就放慢了脚步。看来这场战役就快

打赢了，因为“走垮法”最主要的困难就是要在他们精神尚好的起初一两天跟紧。

整个早上乔都盯着那群马，通常离得很近。大约十点钟，查理在何塞峰替了他的班。那天，那群野马只往前走了四分之一英里，跟前一天相比，精神头差了很多，继续绕向北边。晚上查理换了一匹马，像之前那样跟上去。

第三天，野马们走起路来都耷拉着脑袋，不管那匹黑马怎么鼓劲，他们常常只领先身后的追踪者不到一百码了。

第四、第五天同样如此，如今马群快要回到羚羊泉了。目前为止，一切都如预期发展。猎物绕了一个大圈，而马车只走了一个较小的圈。那群野马回到了起点，已疲惫不堪；猎人们回来时却生气勃勃，还换了新马。马群渴了一天，直到傍晚，才被赶到泉水前，一下子喝得肚子鼓鼓囊囊。这下，套马专家骑着饱餐饲料的马，迎来了大展身手的最好时机。因为野马们喝了太多水，气也喘不上来，脚也迈不开步，把他们一匹接一匹捆住就不是难事了。

整个计划里只有一个薄弱环节：那匹引发这场狩猎的黑色牡马仿佛是铁打的，那片刻不停歇的摆动步伐似乎跟追捕开始的那个早上一样敏捷，一样精力充沛。他上下跑着，聚拢东倒西歪的马群，发出声音催促她们，还向她们演示逃跑的方法。那匹在夜间追踪时帮了大忙的老白马几个钟头前就掉队了，完全没了气力。那些混血母马好像全然失去了对骑手们的恐惧，整个马群显然已尽在乔的掌握。可那整场围猎的终极奖品似乎依旧遥不可及。

这事儿令人费解。乔的战友了解他的脾气，他突然发起火来一枪打死那匹牡马他们也不会惊讶。但乔并没有这种想法。在整整一个礼拜的漫长追踪中，他整天都盯着那匹飞驰的大黑马，却一次也没有见他腾空跃起过。

这骑手对于那匹良马的倾慕越来越强烈，如今他宁可考虑打死自己最好的坐骑也不愿朝眼前的这头绝美的生物开枪。

乔甚至自问道，他到底还想不想要那笔丰厚的悬赏奖金。这样一匹良马本身便是财富：可以繁殖出一批适合竞赛的溜蹄马。

可猎物依然逍遥法外——是时候结束追捕了。乔牵出他最厉害的一匹坐骑，系好马鞍。那是匹有着东部血统的母马，却是在草原长大的。要不是得了某种怪病，她不会落到乔的手里。这些地区生长着一种毒草，叫洛苛。多数牲畜不会去碰它，可有时，某只动物去尝了尝，便上瘾了。那种草的作用有点像吗啡，吃了的动物，虽然发病间歇很长，其间头脑也清醒，却总是对

LOCO-WEED

它念念不忘，最终会发疯而死。发疯的野兽被称作“害了洛苛病”。乔这匹最厉害的坐骑眼里闪烁着狂野的光芒，懂行的人一看便明白了。

不过她身手敏捷、体魄强壮，乔选中她来给这场追猎画上完美的句点。现在要套住那些母马是小事一桩，不过已然没必要了。可以把她们跟领头的黑马分开，赶回原来的围栏。可那首领依然是一副生气勃勃、难以驯服的模样。看到棋逢对手，乔很兴奋，快马加鞭上前尝试。他把套索整个扔在地上，再解开绳子的每一个纽结，随后一边骑马向前，一边将绳子在左手掌上极其利落地绕成一圈圈。自打追猎开始，他头一次踢了马刺，朝那匹牡马冲去，直冲了四分之一英里。那匹黑马飞驰起来，乔也全速跟上去。那些累瘫了的母马纷纷向两边散开，给他俩让路。新换的母马全力腾跃，径直越过了开阔的平地，那匹黑马则跑在前头，依然是踏着他闻名遐迩的步伐。

难以置信。乔又踢了几下马刺，朝他的马喝了几声，可虽然她已经跑得很卖力，同野马之间的距离却丝毫没有缩小。那黑马先是在平地上一个急转弯，又一路向上，穿过长满皂草的平顶山，再下坡通过了地形莫测的沙土平原，随后翻过一大片草地，草原犬鼠一阵狂吠后躲下去了。乔追了上来，眼前的景象简直令他不敢相信自己的眼睛：那牡马扩大了领先优势。乔大骂自己怎么就这么倒霉，又是催促又是踢马刺，最后那头性情多变的可怜畜生陷入了惊恐之中，她的眼睛开始骨碌碌转，剧烈地摇着头，看不清脚下的路——她一脚踩进了一个獾洞里，陷了下去，把乔甩到了地上。尽管摔得一身瘀伤，他还是奋力站了起来，试图骑上那匹发狂的野兽。可那可怜的畜生不行了——她的右前腿折了。

这下没别的办法了。乔只好松开马鞍的肚带，缓解一下她的痛苦，然后拿着马鞍回营地去了。那匹溜蹄马已渐行渐远，没影儿了。

也不算彻底失败，至少所有母马都控制住了。乔和查理小心翼翼地把她们赶进了“LF”公司的畜栏，得到了丰厚的赏钱。不过乔比以前更想得到那匹牡马了。他见识了他的体魄与能耐，越来越看重他，只一心想设计出更好的方案逮住他。

四

厨子名叫贝茨——“托马斯·贝茨”，他在邮局这样报姓名。他经常去拿信件和汇款，可这两样都从来没来过。

牛仔们根据他的牲口烙印标志叫他“火鸡爪印老汤姆”。他说那标记在丹佛注册过，而在陌生的北方平原，数不尽的牛马都盖着这印记。

他们请他一同上路时，贝茨挖苦说一打马都卖不了十二块钱——这话倒确实是当年的行情，他宁愿拿点微薄的工钱就好。不过，但凡见识过那匹溜蹄马的威风，任谁都会劲头十足。“火鸡爪印老汤姆”便经历了同样的心理变化。现在他想得到那匹野马。他心里没谱，不知怎么做才能成功，直到有一天，一个名叫比尔·史密斯的人来到牧场，说是牧场“请他来做事”。比尔的牲口火印是块马掌，

所以大家往往叫他“马掌比尔”。他大吃大喝着啤酒、面包、劣质咖啡、桃脯和糖蜜，嘴里不停嚼着，良久才有空打开话匣子：

“那个，我今天看见那匹溜蹄马了，近得都能在他尾巴上编串小辫儿了。”

“啥？你没开枪？”

“没有，不过差一点。”

“别头一昏做傻事，”坐在桌子另一头的一个“两竖杠 H”公司的牛仔说道，“十天半个月我就能让那野小子打上我的印。”

“你得抓紧了，不然等你赶到时会在他的上风侧看到

‘三角包一点’的标记。”

“你在哪儿碰上他的？”

“那个，事情是这样的：当时我正骑马在羚羊泉边的浅滩上赶路，看见那圈灯芯草中间的干泥地上有一大团什么东西。之前从没见过，还以为是我们自己的牲口，等骑马上前一看，才发现躺在那儿的是匹大马。风很大，好像是——是从他那边吹向我的，所以我靠过去，发现就是那匹溜蹄马，像条死鲭鱼一样动也不动。不过，他并没有发肿，看不到伤口，也闻不到臭味，我一时弄不太明白，直到看见他耳朵一动，赶走了一只苍蝇，这才知道他在睡觉。我取出绳子绕成圈，发现那根绳子很旧，有些地方已经磨得不行了。而且我的马鞍上只有一根肚带，我的马才七百磅重，却要去拖一匹一千两百磅重的马，于是我在心里说：‘不管用的，只会扯断绳子，还会让自己从马上跌下来，连马鞍都弄丢。’我用索眼打了一下鞍头。你真该看看当时那匹野马的样子！他一蹦六英尺高，鼻孔里的气像是转轨的火车喷出来的。他眼睛瞪得很大，往加州方向去了，如果他保持起步时的速度，现在应该已经到那儿了——我敢说，一路上他一步都不会停。”

故事其实并没有上面讲得这么井然有序。在场的人听得认真，禁不住屡屡发问打断，而从头至尾，大家又是吃又是喝，情节是断断续续讲述出来的，因为比尔是个健康壮硕的年轻人，没有半点装腔作势的毛病。但故事还是讲完了，大家全都深信不疑，因为比尔是出了名的老实人。在听众中，“火鸡爪印老汤姆”嘴巴动得最少，脑筋却没准动得最多。他有了个新主意。

吃完饭，他一边抽着烟斗一边研究出了方案。他认定一个人无法成事，所以把“马掌比尔”一起拉来讨论。最后两个人结盟，决定踏上新一轮征途，追捕那匹溜蹄马，把他活捉上车带回来，赢取奖金。

羚羊泉还是那溜蹄马经常喝水的地方。现在水位低，青苔与泉水之间便显出了一道宽阔的干燥的黑色泥土带。这条泥土带有两处断裂，显然是前来喝水的动物踩出的小路。马和其他一些野生动物往往会走这两条小路，而长角的牲口会毫不犹豫从青苔上抄近道。

在脚印最集中的那条道上，他俩用铁铲挖了一个十五英尺长、六英尺宽、七英尺深的坑。他们挖了二十个钟头，非常艰苦，因为必须在野马来饮水的间歇完工，而在完成之前，这项工事又极其沉闷。他们拿来竹竿、断枝和泥土，终于把陷阱盖严实了。随后他俩跑到远处，躲在事先挖好的两个坑里。

大约中午，那溜蹄马来了。自从他的队伍被带走后，他便落得形单影只。泥土带另外一边的足迹较少，老汤姆往上面扔了一些新鲜的灯芯草，希望这么一来，那牡马会选另一条道，生怕他万一心血来潮，走上平常不走的那条小路。

是哪位天使连个盹儿都不打，在保护、照看着野生动物？尽管有千万种理由走常走的那条路，那匹溜蹄马竟然选了另一条。模样可疑的灯芯草没有阻挡他的步伐。他冷静地走到泉边，喝了水。现在只有一个办法能够避免彻头彻尾的失败：趁他低头喝第二阵水——马儿总会这样——贝茨和史密斯冲出了坑，飞快地朝他身后的小路跑去，等他抬起高傲的头颅时，冲他后面的地上开了一枪。

那溜蹄马踏着他大名鼎鼎的步伐朝陷阱那边走去。再过一秒钟，他就要掉进去了。他已经走上了那条路，他们已经觉得逮住他了，可护佑自然的天使与他同在，让他接到了令人费解的警示。他用力一跃，重重落到地面，毫发无损地消失了。以后来羚羊泉，他再也没有踏上过那两条小道。

五

“野人”乔有着使不完的劲头。他一心想抓到那匹野马，当他听说别人也在为同样的目的而奔忙时，他立即开始尝试起他心中最佳的备选方案——郊狼用那办法捉比他跑得快的长耳大野兔，印第安骑手用那法子捕动作敏捷得多的羚羊——“轮换追捕”的老办法。

南边的加拿大河，它最南部的支流皮尼亚维提托河，还有西部的唐·卡洛丘陵和乌泰溪谷，构成了那匹野马六十英里大小的三角形活动区域。据说他从来没有越出过这个范围，而羚羊泉永远是他的司令部。乔很熟悉这个地区，不管是池塘湖泊，还是峡谷道口，抑或那匹溜蹄马的行动路线。

如果他拥有五十匹好马，他就能有效地安排他们站岗，覆盖到每一个点，但目前手头可供差遣的只有二十匹马和五个优秀的骑手。

那些马在出发前吃了两个星期的谷物饲料，已经先行上路了。现在每个人都按照指挥各司其职，在竞赛前一天到达了自己的岗哨。出发那天，乔坐着马车去了羚羊泉所在的平原，又驶入一片小洼地向远处走了一点，等待着。

终于，他来了。那匹黑亮如煤炭的野马从南边的沙岗

来了，一如既往的形单影只。他平静地走到溪前，在水边绕了一大圈，嗅了嗅有没有任何躲在暗处的敌人。随后他走到丝毫没有留下过痕迹的位置，喝起水来。

乔紧紧盯着，希望他喝上一酒桶的水。就在他转身找草吃的那一刻,乔一踢马刺冲了出去。那溜蹄马听见了蹄声，又看见了飞奔而来的马，不等看得更清楚就跑了起来。他穿过浅滩跑向南边，保持着他著名的步伐，四蹄轻快摆动，遥遥领先。这会儿他正穿过沙丘，他稳住身子，尽力调整步伐，而乔的那些负荷太重的马却陷进了沙子里，一踩就被埋了半条腿，每跳一步便落后一段。随后到了一块平地，追赶者似乎有了优势，接着是长长的下坡路，乔的马不敢全力奔跑，再次越追越远了。

他们跑啊跑,乔又是踢马刺又是挥马鞭。一英里，一英里，又一英里，远处阿里巴峡谷的那块大岩石隐隐出现了。

乔知道那里准备了轮换的马，于是策马奔过去。但那匹像夜一样黑的牡马乘着轻风稳稳走在前头，领先越来越多。

阿里巴峡谷终于到了，守在那儿的人让到一旁，因为他们并不想改变竞赛的路线。那匹牡马穿了过去——冲下山路，冲上对面的斜坡，脚步丝毫不乱——

他只会这一种步伐。

乔骑着已经满身汗沫的马跃上前，翻身骑上待命的那匹马，策马跑下斜坡，一上高地就踢马刺全力追赶，追啊，追啊，追啊，可丝毫没有追近。

“嘚嘚，嘚嘚，嘚嘚”，伴着整齐的马蹄声，他飞驰着，一个钟头，一个钟头，又一个钟头。前方就是阿拉莫萨河，又可以换马了。乔朝胯下的马大吼，催他向前，向前。那匹黑马原本径直朝那边跑着，可还剩最后两英里时，他却受到了某种奇特的启示，竟左转了，乔眼看他可能会逃脱，立即催促他疲乏不堪的马不顾一切追上去，想逼迫他改变方向。尽管他们已经追得很卖力了，但这场追逐依然面临着巨大的困难，每奋力跳一步，就会伴随着阵阵的喘息声和“嘎嘎”的皮革摩擦声。随后乔从右边抄上去，一时似乎占了上风，他拔出枪，一枪接一枪打得尘土飞扬，终于让那牡马掉了头，迫使他在路口向右拐弯。

他们下坡了。那牡马穿过路口，乔却一下子摔到路上。他的马不行了，刚刚那段路足足有三十英里，连乔自己也没了气力。他眼里吹进了含碱的沙子，痛极了。他快看不见了，于是催促他的搭档道：“向前，叫他笔直往阿拉莫萨河滩走！”

骑手换上一匹年轻力壮的马，飞也似的蹿了出去，他

们又上路了，在连绵起伏的草原上奔腾着。那黑马的身上有了星星点点的白沫。他不断起伏的肋骨和滞重的呼吸都说明着他此时此刻的感觉，但他继续前进，前进。

骑着一匹姜黄色马的汤姆似乎开始追近了，但接下来又不断落后，一个钟头后，阿拉莫萨河那条长长的斜坡到了。从那儿起，一个小伙儿骑上马接过班，把那黑马往西边赶。他们经过了一座座住满草原犬鼠的镇子，穿过了一片又一片皂草地和仙人掌丛，拖着鲜血淋漓、痛苦不堪的身子继续赶路。沾满了灰尘，浸透了汗水，那黑马的周身已是斑驳的棕色，但他的步伐始终如一。追他的是年轻的卡林顿，他起步时猛叫马儿加速，把坐骑都弄伤了；这会儿，他又踢马刺，催促他抄近路趸进一处那黑马避开的沟壑。一步踩空，他俩都栽了跟头。

那男孩子总算没事，那匹矮马却倒在地上起不来了，而那匹黑马依然没有停下脚步。

此处离老加莱戈的牧场很近，乔已经抄近路去了那里，休整一会儿，准备继续追击。没过三十分钟，他又在那溜蹄马后面飞驰了起来。

已经能远远看见西边的唐·卡洛丘陵了，乔知道，新的骑手和坐骑正等在那儿。这不屈不挠的骑手试图扭转黑马行进的方向，可也不知是突发奇想，还是内心有了预感，那溜蹄马又拐弯了，猛地朝北边跑去，乔这个熟练的牧人拼命追赶，又是叫喊，又是把野马脚边的泥地打得尘土飞扬，可那匹黑马宛若流星划过，疾驰进了一条山涧中，乔只能跟在后头。随之而来的是一场最艰难的赛跑，乔对那野马残忍，可对坐骑和自己更加残忍。烈日炎炎，闪光的热浪把平原炙烤得模糊不清，他的眼睛和嘴唇都沾上了沙子和盐，灼热难耐，可追逐还是无休无止。他唯一的获胜机会，就是把那野马赶回大河谷的十字路口。现在他头一次看到那匹野马有衰弱的迹象。他的鬃毛和尾巴扬得没那么高了，他那半英里的优势也丧失了大半，但他还是跑在前头，迈步，迈步，迈步。

一个钟头又一个钟头过去，他俩还是不相上下。不过他们又转了个方向，临近河谷滩时，天都快黑了——整整跑了二十英里。但乔开始占上风了，他又牵过一匹等待差遣的马。他换掉的那匹气喘吁吁地跑向小溪，狂饮起水来，最后一命呜呼。

接着乔暂时按兵不动，希望那匹汗涔涔的黑马也会去喝水。可他很聪明，只喝了一口，便踩着水过了小溪，想

Ernest Seton Thompson

甩开追兵。乔立马全速冲上去。黑马跑在前头，保持着乔追不上的距离，乔的马则在后面飞跃着——这是夜色将他们吞没前的最后一幕。

早上，乔走回了营地。他简单地交代了事情的经过：死了八匹马，累垮了五个人，那匹无敌的溜蹄马安全逃脱了。

“不可能，办不到的。抱歉，明明有机会开枪，我却没有把他那该死的身体打穿。”乔说道。他放弃了。

六

“火鸡爪印老汤姆”是随行的厨子。他始终关注着这场追捕，兴趣不下于任何人。听说行动失败了，他对着面前的大锅咧嘴一笑，道：“敢打包票，那匹野马是我的了。”到《圣经》里去找先例是他的习惯，他继续面朝那口锅说道：

“想想当初非利士人是怎么打败参孙的，还不是利用了他天性中的一个缺点？要不是亚当犯了个我们人人都知道的小错，他也不会被赶出伊甸园。要是找人帮忙，到手的就不是五千块了。”

因为受尽迫害，那匹溜蹄马野性

更强，更难驯了。但他没有因此离开羚羊泉。那眼泉水方圆一英里都是空地，敌人无处藏身。每天大约中午时分他都会来这里，喝水前他都会彻底侦察一番。

自从他的妻妾被抓走，他已经打了一个冬天光棍，“火鸡爪印老汤姆”摸透了这一点。这老厨子的好友有匹漂亮的小母马，他断定可以派上用场。他带着一对最牢固的套马索、一把铁铲、一副备用绳套和一根粗短的桩子，骑上那匹母马，动身前往那片著名的泉水了。

在清晨的新鲜空气里，几只羚羊飞掠过他眼前的平原。牛儿三五成群，四下躺着，到处都能听到云雀甜美的歌声。平顶山地带晴朗无雪的冬天过去了，春天即将来临。草地正渐渐变绿，万物生灵仿佛都在渴望爱情。

空气里充满爱的气息。那匹棕色的小母马被拴在外面吃草，她不时抬起鼻子，发出悠长的尖声嘶鸣——那准是她的歌，求爱的歌，如果她也会唱歌的话。

“火鸡爪印老汤姆”研究了一下风向和地形。上次他费了大力气挖的坑还在，敞着，里头注满了水，水里尽是淹死的犬鼠和老鼠，散发出阵阵腥臭。那坑挡了道，野兽无路可走，只好从旁边绕。他选了光滑草地旁一个莎草丛生的土堆，先把那桩子紧紧扎进去，再刨了一个足以藏身的坑，在里面铺好毯子。他收短了小母马的拴绳，直到她

几乎迈不开步，然后在中间的地上铺好打开的套索，将长的一端系在桩子上，再用泥土和青草盖好绳子，躲进藏身之处。

经过了漫长的等待，大约中午，从西边很远处的高岗上，终于传来了对母马含情脉脉的嘶鸣的回应。天际出现了一抹黑色，那匹威名远播的野马登场了。

他马蹄轻摆，款步走了下来，太多的追捕让他变得更加机警。他屡屡停下来，盯着看几眼，嘶叫一声，得到的回应一定是让他心旌荡漾了。他又走近了一点，叫唤着，随后突然警觉起来，绕了一大圈嗅着风中的气味查探敌情，好像有了迟疑。天使在他耳边轻声道：“别过去。”但那匹棕色的母马又叫唤起来。他又绕近了一点，嘶叫着，待听到母马的回应，一切恐惧终究烟消云散，他心头的爱火烧得更旺了。

他腾跃两步，继续靠近，直到他与小母马鼻尖对上了鼻尖。当发现她的反应完全符合他的期待，他一股脑儿抛开了顾虑，任由自己沉浸在征服的快乐之中。可幸福在他跳转过身的那一刻戛然而止：他的后蹄踩进了那一圈邪恶的套马索之中。只见绳索轻巧地一抽，活套顿时收紧，他被抓住了。

他害怕得“呼哧呼哧”喷气，

向空中挣扎着猛跳，这反倒给了汤姆加上双重套索的机会。环套在绳子上一闪，毒蛇一般束紧了那两只硕大的马蹄。

一时间，他由于恐惧疾速挣脱着，蛮力倍增，但终究已是末路，他成了一个无望的俘虏。老汤姆那丑陋、微驼的身影从坑里跳了出来，准备给这匹光辉灿烂的生物的驯服行动画上句点。他巨大的力量在这小老头的智慧面前毫无用处。那匹庞大的野兽不停地喷着鼻息，不顾一切地拼命冲跳着，想挣脱束缚，但全是徒劳。绳子非常结实。

汤姆拿出第二根套索，轻巧地一绞，就把他的前脚也束缚住了；他又将绳套熟练地一抽，四只马脚便收到了一起，片刻之后，那匹暴怒的溜蹄马便沦为了木桩上的猪仔，无助地躺在地上。他奋力挣扎着，终于精疲力竭。他剧烈地抽泣起来，泪水滚滚流下面颊。

汤姆在一旁看着，心情渐渐起了古怪的变化。他从头到脚神经质地颤抖起来，自打他套住第一头公牛以来再没有这样过，有那么一刻，他什么也不能做，默默盯着他体态庞大的囚犯。但这情绪很快就过去了。他给大利拉[①]装好马鞍，又拿起一根套索，绑住那匹高头大马的脖子，让

---

① 大利拉：《圣经》中的典故，大利拉是参孙的非利士情妇，将参孙出卖给非利士人。这里参孙指野马，大利拉指小母马。

那母马托着牡马的头，自己则给他套好马脚绊。很快便搞定了，现在万无一失了。正要松开绳子，老贝茨突然想起一件事，停手了。来的时候，他竟然忘了带一件至关重要的东西。根据西部的法律，谁第一个给野马打上烙印，这野马就算是谁的财产。最近的烙铁也在二十英里开外，这可如何是好呢?

汤姆走到那匹母马跟前，依次拿起她的每一只蹄子，仔细看了看每一块马掌。有了！其中一块有点松了，他推了推马掌，用铲子一撬，卸了下来。草原上到处都有水牛的干粪块和类似的燃料，所以他很快便生起了火，没多久，就把马掌的一道弯烧得通红滚烫，随后他脱下袜子包住另一道，野蛮地在那匹无助的野马的左肩上草草烫出一个“火鸡爪印”，这其实是他头一回真正用到这个标志。火红的烙铁烧焦溜蹄马的皮肉，他不禁颤抖起来，但一眨眼的工夫便完成了。从此，这匹声名赫赫的牡马再也不是野马了。

现在就差带他回家了。套绳解开了，野马感到一松，以为自己又自由了。他跳起来，刚要大步走，就摔倒在地。他的前蹄被紧紧绑在一起，只能一步一拖地走，要不然就是不顾一切地奋力狂跳。他的腿被别扭地束缚着，每次想挣脱，跳不了几码就不可避免地摔倒。汤姆骑着他灵巧的矮脚马，一次又一次催他向前，各种办法都用了，驱赶、威吓和引诱，逼着那匹浑身汗沫的疯马去南边的皮尼亚维提托河谷。但那匹野马愣是不肯走，不肯投降。也许是恐惧，也许是暴怒，他喷着鼻息，一成不变地狂跳着，一次又一次试图逃跑。这是一场漫长的惨烈斗争，他光洁的体侧满是汗沫，汗沫里沾上了血滴。当初足足被追了一整天他都没有跌跤，没有疲态，如今却是无数次重重摔倒。气力殆尽，他还是奋力狂跳着，这边一下那边一下，如今也是不复之前的力量，他喘气时鼻孔里喷出的已经半是雾气半是鲜血。但俘获他的人，无情、专横、冷酷，依然逼他前进。这会儿他们来到了通往峡谷的斜坡，每走一码都是经历一场战斗。现在他们踏上了一片洼地，前面就是峡谷里唯一的路口，那是这匹溜蹄马当初的领地的最北端。

从这儿，已能望见第一座畜栏和牧场的大房子。汤姆欢欣鼓舞，可那匹野马振作起他仅存的力量又不顾一切地冲了一次。他沿着小道向上，向上，攀上青草依依的斜坡，不顾抽打得他皮开肉绽的绳子，不顾半空中的枪响，什么都无法改变他疯狂的路线。向上，不断向上，他跌跌撞撞冲上最陡峭的悬崖，接着纵身一跃，跳进了虚空之中，坠落，坠落，坠了两百英尺才着地，摔在下面的岩石上，成了一具了无生命的破碎躯体——却自由了。

小　　哮

——一条牛头梗的故事

一

我第一次见到他，是在万圣节黄昏。那天一大早，我就收到大学同窗杰克发来的一封电报："记着，你将收到一个很棒的小东西。要对他客气，这样才安全。"杰克这种人，就算寄出的是一枚定时炸弹或是一只会直立的臭鼬，他也会管它叫"小东西"，于是我就满怀好奇地等着这份厚礼。那东西到了，只见包装箱上贴着"危险品"的标签，一有动静，里面就会传出一声尖厉的咆哮。我透过铁丝网朝里一看，还好不是什么小老虎，而是一条白色的牛头梗。他不仅是冲着我咆哮，不管是什么人，也不管是什么东西，只要突然出现，或是越过了陌生人之间应当保持的距离，

他就会咆哮不止，真是挺烦人的。狗吠分成两种，第一种吠声很低沉，是绅士式的警告；另一种则很高亢，那可表示要动真格的了。这条牛头梗的吠声不折不扣地属于第二种。

我很喜欢狗，自以为对狗的习性了如指掌，因此我把送货人打发走之后，就取出我们公司的特别产品——万能军刀，先把铁丝网掀了起来。哦，没错，我对狗的习性的确是了如指掌。我手里的万能刀动一下，他就用尽全身力气咆哮一声，最后我把箱子完全打开了，他“嗖”的一下就朝我的腿直扑过来。要不是他被铁丝网绊住，我准要受伤，他可是存心想咬我的。

我跳上桌子，不让他够到，再想办法让他安静下来。我一直相信和动物说话非常有用，虽然他们听不懂我们的语言，却能够多少理解我们的意图。可是这条狗却对我的这一做法嗤之以鼻，显然是以为我在愚弄他。他先在桌子底下站定，然后四下里望着，看有没有可能把我的一条腿拖下来。我敢肯定自己完全能够用眼神来和他交流，让他乖乖听我的话，可现在我和他，一个在桌子上面，一个在桌子底下，这可叫我一筹莫展了。

幸好我是一个很冷静的人——我经营了一家五金器材

公司，由于处事冷静，我们的业绩很出色，大概只有服装店里那些爱管闲事的先生们才会比我们挣得多。这时候，我掏出一支雪茄烟抽起来，而那条凶狠的小狗就在桌子底下看有没有机会咬住一条腿。我拿出那封电报，又读了一遍："很棒的小东西。要对他客气，这样才安全。"可是依我看，最后起作用的并不是我的客气，而是我的冷静。半个小时过去了，小狗不再狂吠。一个小时过去了，我小心翼翼地把一张报纸从桌子边缘垂下去，想试试他是否依然火冒三丈，而他并没有跳起来扑打。也许之前是因为关在箱子里的时间太久，他才那样暴跳如雷，现在怒火已经平息。当我点燃第三支雪茄烟的时候，他摇摇摆摆地溜达到火炉旁边躺下来，我只能接受这种轻蔑的表示。但他还在留神我的举动，用一只眼睛看着我，我呢，则用上了两只眼睛，不是看他，而是看他那根又粗又短的尾巴。只要尾巴左右摇晃那么一下，我就可以宣布我胜利了，可它就是不摇晃。

我跳下桌子去拿一本书，又急忙跳回来，差点被他咬住了腿。火渐渐暗下去，到晚上十点左右，屋子里起了寒意。到十点半，火熄了。我的这件万圣节礼物站起身，伸了个懒腰，踱到床底下，在小地毯上躺好。而我则取道衣柜和壁炉架，最后到达床上，轻轻脱了衣服，静静躺下，没有激怒我的主人。

正当我即将沉入梦乡，突然听见轻微的声响，有什么东西蹦到床上，又蹦到我腿上。显然是小哮觉得床底下冷，决定来享受这屋子里的最高待遇。他蜷缩在我脚边，让我难受极了，忍不住想调整一下姿势，可刚一动脚指头，他就凶狠地咆哮起来。如果没有厚毛毯的保护，我恐怕就要终身残疾了。

我花了整整一个小时，一点一点挪动双脚，终于调整到一个舒服的姿势。夜里，我被小狗的怒吼声吵醒了好几次，大概是因为我竟敢不经过他批准就擅自挪动脚指头，不过其中有一次是因为我打呼噜了。

第二天早晨，我想起床了，可小哮还没有起身的意思。你看，我已经给他起好名字了，全名是“斗志小哮”。有些狗很难起名字，而有些狗根本没必要起名字，因为他们自己已经把名字定好了。

七点钟的时候我就想起床，而小哮一直拖到八点钟，因此我们最后是八点钟起来的。他对于眼前这个生火的人没什么可抱怨的，也允许我不必跳到桌子上去穿衣服。出去准备早餐的时候，我说：“小哮，我的朋友，有些人喜欢用鞭子来改变你的脾气，不过我有一个更好的办法。如今的医生都喜欢用‘戒早餐法’来治病，我也想试试看。”

虽然说有点残忍，可我还是一天没给他吃东西，为此我付出了代价——不得不重新油漆被他抓坏的门。到了晚上，他很乐意地接受了我手心里的一点点食物。

一个星期之后，我们就成了真正的好朋友。他睡在我床上，我动动双脚，他既不会吭一声，也不会咬我一口。“戒早餐法”收效明显。三个月后，我们已经相处融洽，他的表现也证明了那封电报上的话一点不假。

他好像不懂什么叫作害怕。当一条小狗靠近，他会非常警觉。当一条中等身材的狗靠近，他会立刻竖起短尾巴，绕着对方兜圈子，轻蔑地蹬蹬后腿，一双眼睛看看天空，看看远处，看看地面，偏偏不正眼看对方，嘴里却不停地咆哮。如果对方没有马上走开，他就立即宣战，通常会很快将对方逼退。有时候小哮会被打败，但是无论输得有多惨，他都不会就此学乖。有一次，小哮正坐在一辆马车上，突然看见一条圣伯纳犬在路上散步。看到这么个体形巨大的家伙，小哮一下子激动起来，从马车窗口蹿出去，想和他比画比画，结果摔断了腿。

他永远都是那么无所畏惧、斗志昂扬——他的全名就是这么来的。他和我以前见过的狗都不一样。比如说，如果有哪个孩子向他扔石头，他可不会撒腿逃走，而是径直朝那孩子冲过去，如果那孩子胆敢再次侵犯，小哮就会捍卫自己的尊严，这样一来他至少赢得了大家的尊重。可惜，似乎只有我和公司的勤杂工了解他的优点，也只有我们能够荣幸地被他接纳为好友，而我们相处越久，我便越感到这种友谊的珍贵。到了第二年夏天，就算是卡内基、范德比尔特、阿斯特这样的大亨一起掏钱出来，都别想从我手里买走小哮的一根毫毛。

二

虽说我不常出差，可这年秋天，我有公事要出远门，于是小哮就不得不暂时由房东太太照顾。很不幸，他对她是轻蔑，而她对他是恐惧，所以彼此之间就只能是仇恨了。

我在北部的许多地方为人安装铁丝网，每星期都会收到转给我的信件，其中有不少都是房东太太告小哮的状的。

我来到北达科他州的蒙多萨，发现这儿铁丝网的需求量很大。虽然我只需要和大商号做生意，但也会跑到农庄里了解当地人的想法，于是我认识了经营牧场的彭鲁夫兄弟。

如今你去任何一个牧场，准保会听人说起那些诡计多端的灰狼犯下的滔天罪行。以前人们能够把狼群整个儿地毒死，这么痛快的事，现在再也不会发生了。狼群严重地损害了牧场的利益。彭鲁夫兄弟和大多数牧人一样，已经放弃使用毒药和陷阱，而混养了许多狗，希望能够消灭这些可恶的祸害。

但是，猎狐犬失败了，因为打架不是他们的强项；而大丹犬不够灵活；猎犬得看见猎物，一旦猎物消失，他们就没办法跟踪了。每一种狗都有某个致命弱点，于是牧人们就把各种狗混成一群，希望他们短长互补。一天我受邀参加了一次捕狼行动，那群猎狗里什么品种都有，看着都叫人觉得好笑。队伍里的杂种犬不少，但也有一些血统很纯正，特别是那几条俄国捕狼犬，一定是花大价钱买来的。

这群狗是由哥哥希尔顿·彭鲁夫一手培养的，他对他们非常得意，盼望着他们能干出一番大事情。

“猎犬太瘦，不是狼的对手，大丹犬的动作又太慢，而要是俄国犬出马了，那可就热闹了。”

于是猎犬负责追赶，大丹犬充当坚强的后盾，俄国犬则承担短兵相接的重要任务。此外还有两三条猎狐犬，一旦猎物跑出视野，就要靠他们的鼻子去追踪了。

十月里的一天，我们骑着马去巴蒂斯山地打猎，那场面真是太壮观了。野外的空气异常清新，虽然已经十月，但还没下雪，也没有霜冻。马儿精神得很，还让我见识了他们是如何想方设法要把牛仔甩下马背的。

猎狗们都跃跃欲试，我们看到远处平原上有一两个灰色的身影，希尔顿说那就是狼。猎狗们狂吠着追出去，可是天色很黑，有一条猎犬还带着伤，看来他们都没法儿赶上狼。

“希尔顿，我看你就别指望那些俄国犬了，”弟弟加尔文说，“我敢打赌，那条黑不溜秋的大丹犬根本不行，他就是条杂种狗。”

“我真是搞不懂了，”希尔顿嘟囔道，“肯定不是郊狼，更不是灰狼。按理说，没有哪条狼能逃过猎犬的鼻子，而且猎狐犬就算是三天前的气味也该闻得出来，大丹犬打狼也是绝对没问题的。”

“依我看啊，”他们的父亲发话了，“就算他们都跑得飞快，就算他们都能找到气味，都能打得过狼，但是啊，他们根本就不愿意豁出去。这群狗全都吓破胆啦！我只巴望着他们别让我们赔光了本钱才好。”

父子三人就这样抱怨个不停，而我拨转马头，往回走了。

看来只有一个办法能解决问题。那些猎狗都很敏捷，都很强壮，但却都

被狼震住了。他们不敢迎面向狼挑战，所以才屡次眼睁睁地看着狼脱身。这让我想起了小哮，他可是什么都不怕的。要是他在这儿该有多好，那样的话，这些傻头傻脑的大狗就有了主心骨，再也不会临阵退缩。

我离开蒙多萨，到达巴罗卡，收到好几封信，其中有两封是房东太太寄来的。第一封说“那条恶犬把我的房间搅得天翻地覆”，第二封的口气更加严厉，要求马上让他搬出去。

于是我有了个主意，为什么不把小哮送到蒙多萨来呢？只不过是二十个小时的路程，彭鲁夫他们会很高兴的。然后我就带着他一道回家。

三

如果你以为，我这次和小哮相逢的情景会同上次不一样，那你可就错了。他还是那样朝我扑过来，好像要狠狠咬我一口似的，也还是咆哮个不停，但是现在他的吠声是低沉的，而且还摇晃起了尾巴。

自从我认识彭鲁夫兄弟以来，他们的捕狼行动已经开展过好多次，可没有一次是成功的，这让他们伤透了脑筋。那些猎狗呢，倒是每一次都能发现狼的踪迹，但就是灭不

了狼，而牧人因为距离比较远，所以也没法儿了解战斗的细节。

老彭鲁夫倒是挺满意的，至少“这群倒霉的家伙胆子比兔子大”。

一天清早，我们出发了，还是以前的阵容——快马、好骑手，还有那一大群狗，蓝的、黄的、斑点的，但这一次增加了新成员，一条白色的小狗紧紧跟随在我身边，龇着尖尖的牙齿，连马儿都快被他吓住了。我看他无论是遇到哪个人、哪匹马、哪条狗，都会和人家吵上一架，只有蒙多萨旅馆老板养的那条牛头梗是个例外。难得有个头比他还小的狗，所以他们成了好朋友。

我永远也不会忘记那天打猎的场面。我们登上一座山丘，平原景致一览无余，希尔顿用望远镜察看着周围的情况，突然大声叫道：“我看见了！是匹郊狼，正朝着骷髅溪跑呢。”

现在先要派猎犬去侦察猎物——这可不容易，因为他们用不来望远镜，更何况地上长满山艾丛，都高过了狗的脑袋。

希尔顿嘴里吆喝着“‘大胆’，上来！”一边斜探出身子，伸出一只脚。猎犬“大胆”敏捷地一纵，跳到马鞍上，稳稳地站住了。希尔顿指着远处说：“‘大胆’你看，猎物就在那儿。”那狗顺着主人手指的方向，定睛望去，似乎发现了目标，吠了一声便一纵跳回地面，飞奔而去。其他狗也都跟在后面，排成长长的一溜，我们则策马紧随，但是因为地面上到处是沟壑、岩石、灌木丛以及獾的洞穴，全速奔跑实在是非常危险。

渐渐地，我们被猎狗甩远了，而我因为不熟悉鞍镫，落到最后。我们能看见猎狗在平原上飞奔，有时候没入沟壑，很快又从另一边钻了出来。领头的正是“大胆”。我们登上另一座山梁，这场大追捕尽在眼底。只见一匹郊狼正全力奔跑，猎狗们在四分之一英里开外追赶，离狼越来越近。最后我们赶上猎狗，发现郊狼已经死了，猎狗们都坐在一边喘着气，除了小哮和另外两条猎狐犬。

“可惜没赶上热闹，”希尔顿说着，瞥了一眼跑得最慢的猎狐犬。他兴高采烈地摸了摸“大胆”，又对我说：“瞧见了吧，他们用不着你那个小家伙帮忙。”

“十条大狗对付一条小郊狼，”他的父亲嘲讽地说，“还是等着看灰狼的吧。”

第二天，我们又出猎了，因为我一定要看到事情的结果。

我们从高处瞭望，发现了一个灰点正在移动。如果远处有一个白点在移动，那就是羚羊；如

果是红点，那就是狐狸；而如果是灰点，那么不是灰狼就是郊狼，这就要看他的尾巴来判断了。如果从望远镜中看到尾巴是垂下的，那就是郊狼；如果是竖起的，那就一定是人人痛恨的灰狼了。

和先前一样，希尔顿把目标指给“大胆”看，“大胆”就领着那支杂牌军——猎犬、捕狼犬、猎狐犬、大丹犬、牛头梗——出发了，最后是我们这些骑马的人。我们时不时能看见追捕的场面，跑在猎狗前面的是一匹灰狼。不知怎么，我觉得这一次狗的速度不如上次追郊狼时那么快。谁也不知道捕猎是怎么结束的，不久，猎狗就纷纷回到我们身边，而那匹灰狼则销声匿迹了。

我们这些猎人立刻唇枪舌剑地斗起嘴来。

“哈！都吓破胆啦！”老彭鲁夫不满地嚷道，“他们不费什么劲就能追上那匹狼，可是啊，等狼转过身来瞟他们一眼，他们就立刻夹着尾巴回家啦！”

“那条胆大包天、无人能敌、啥都不怕的牛头梗，上哪儿玩儿去啦？”希尔顿冷笑道。

“我不知道。”我回答说，“我以为是因为他从来没见过狼，要是他看见了，我敢打赌他会立刻冲上去拼个你死我活。”

那天晚上，好几头牛在牧场外面被咬死了，于是我们又行动了。

一开始和上次的情况没什么两样。傍晚时分，我们发现一个尾巴高高竖起的家伙，就在不到半英里以外。见希尔顿把“大胆”叫上马鞍，我立刻有了主意，把小哮也叫过来。可他的腿那么短，蹦了几次都没成功，最后还是把我的脚当作中转站，这才跳上马鞍。我把狼指给他看，过了足有一分钟，他才看清目标，然后就跟着猎狗出发了。他那副劲头十足的样子，让人充满期待。

这一回，狼并没有沿着河边的灌木丛跑，而是跑向一片开阔的高地，其中的原因要到后来才知道。我们策马跟随，能清楚地看到半英里外的生死追逐。很快“大胆”就追上了狼，对着他的背影狂吠不停。其他猎狗也三三两两地赶到，把狼团团围住，声势浩大地吼叫着。突然，一个矮小的白色身影冲了出去。他可没时间吼，而是直扑狼的咽喉。狼一闪身，咽喉躲开了，鼻子却被咬个正着。十条大狗立刻逼上去，不到两分钟，狼便一命呜呼了。虽然距离现场有点远，可是我们还是看到了小哮并没有辜负那封把他接来的电报，也没有辜负我的期望。

现在轮到我扬眉吐气

了。小哮已经给猎狗们树立起榜样，最后他们干掉了灰狼，没有让人动一根手指头。

不过有两点让这场胜利打了折扣。首先，这匹狼还很小，毫无经验，所以他错误地跑向开阔地；其次，小哮受伤了，狼撕裂了他的肩膀。

我们一行得意扬扬地往回走，我看见小哮一瘸一拐的，就叫道："小哮，快上来！"他试了一两次，没能跳上鞍。我喊希尔顿："来帮忙把他送上来。"

"谢谢啦，还是你自己来对付你的这条响尾蛇吧。"现在大家都知道靠近小哮是会惹麻烦的。

"来，小哮，抓住这个。"我把马鞭递到他面前，他一口咬住，我顺势把他拉上鞍，带回了家。

我像照顾婴儿一般照顾小哮。他让那些牧人懂得应当如何改进他们的捕狼犬队。没错，猎狐犬是很敏锐，猎犬也很迅速，俄国犬和大丹犬都很强壮，但如果没有一种力量来鼓舞斗志，他们就毫无用处，而在这方面，没有谁会比牛头梗更适合了。那一天，牧人们终于找到了对付狼的办法，现在要是你有机会去蒙多萨，就会发现每一支成功的捕狼犬队都有一条牛头梗，和小哮同种的尤其多。

四

第二天就是万圣节，小哮来到我身边已经整整一年。那天阳光明媚，天气也不太冷，地上没有积雪。往年，人们都会以一场狩猎来庆祝节日，而今年，捕狼自然成了唯一的话题。但令人遗憾的是，小哮伤得很厉害。他像往常一样睡在我脚边，伤口处的淤血非常明显。他没有力气去打猎，因此我们哄他待在一间小棚屋里，把他锁上，然后就出发了。我有一种不祥的预感，虽然我知道，没有他，这次打猎不会成功，但没想到后果竟然那么严重。

当我们来到骷髅溪边的丘陵地带时，一团白色的身影突然从灌木丛里一跃而出，是小哮汪汪叫着出现在我们面前。他摇着尾巴，向我的马跑来。我不能让他回去，这样的命令他绝不会接受，就算是我发出的也不例外。他的伤势看上去很不妙，我便放下马鞭，招呼他登上我的鞍头。我心想："你就待在这儿别动，我们马上就回家。"可这想法小哮并不知道。

突然，希尔顿吆喝起来，他发现了狼。"大胆"和另一条猎犬"锐利"同时蹿出去，却不小心撞到一起，跌倒在灌木丛里。这时候，小哮也已经看清了目标，还不等我反应过来，他就跳下马鞍，向着敌人飞奔而去。几分钟后，

其他猎狗才纷纷出动。只见小哮忽左忽右，忽上忽下，在草丛中时隐时现。在他身后，猎狗们排成惯常的队形，离那移动的灰点越来越近。真是一场激动人心的捕猎，狼就在半英里以外，而猎狗都异常兴奋。

“看，他们已经跑到灰谷了！”加尔文喊道，“我们从这边走，可以截住他们。”于是我们拨转马头，取道赫莫山北麓，而狼和狗正在山的南边狂奔。

当我们登上雪松岭，正准备下山的时候，希尔顿猛地高喊道：“看啊，他就在那儿！我们截住他了。”说完，身子一探，缰绳一松，纵马前进。我也紧随其后。一匹体形巨大的灰狼正穿过开阔地，低着头，平伸着尾巴，朝我们的方向徐徐靠近。在他身后不到五十码的地方，“大胆”正以两倍的速度追来，仿佛一只掠过地面的雄鹰，转眼间就和狼并排了，汪汪吠着，可是当狼转过身逼视他的时候，他却退缩了。他们就在我们下面不到五十英尺的地方。加尔文举枪瞄准，却被希尔顿拦住了：“别开枪，别开枪，我们再看看。”正说着，第二条猎犬已经赶到，其他狗也紧接着依次到达，每一条都摩拳擦掌似的，想立刻冲上去，把狼撕个粉碎，却又都犹豫不前，只是远远地朝狼狂吠。不一会儿，俄国犬来了。这几个又高又壮的家伙，起先还打定主意直扑灰狼，可一到跟前，就被狼那无畏的眼神、

强健的体魄和尖利的牙齿吓坏了，不敢再靠近，而是和其他狗一起围在外圈。被狗包围的那匹狼则像亡命之徒一般，左右瞧瞧，似乎做好了厮杀的准备。

大丹犬来了，这些四肢发达的狗，块头大得几乎和狼一样。我能听见他们的呼吸声，沉重得吓人，仿佛立刻就要扑上去把敌人咬个粉身碎骨。然而，狼冷峻而坚定地站在那里，仿佛已经下定决心拼死一搏，还要让猎狗付出惨痛的代价。三条大丹犬没了主意，和其他狗一样忸怩起来——是的，他们会马上冲过去的，但现在还不是时候，他们得先缓口气；噢，他们才不怕狼呢，当然不怕的，这我能从他们的吠声中听出来。他们都很清楚，第一条打冲锋的狗肯定会受伤，不过现在还不必担心这个，他们得再积聚些声势。

正当十条大狗把狼团团围住的时候，远处的草丛里突然一阵响动，滚出一团雪球，是小哮，被甩在最后的小哮这时候才气喘吁吁地跑来。他穿过平坦的开阔地，朝着猎狗的包围圈，朝着那匹谁也不敢挑战的恶狼，笔直地冲过去。他有没有片刻的犹豫？绝对没有。他径直冲进包围圈，对准那个牧场公敌的咽喉扑上去。灰狼张开大口，牙齿仿佛二十柄尖刀，向小哮狠狠咬去。小哮被甩了出去，可他再次跃起。接下来的情景，简直令人难以置信，猎狗们发起了总攻。我仿佛看见一团白色紧紧贴住灰狼的鼻子。狗和狼扭作一团，我们在一旁根本无从下手。但他们也不需要我们帮忙，他们已经有了一位勇敢的领袖。没过多久，战斗就结束了，只见那灰狼已经被放倒，他的体形在同类中堪称巨大,而我那条白色的小狗还咬着他的鼻子不松口。

我们离他们不到五十英尺，根本没有机会动手，一切便已恢复了平静。

狼死了。我招呼小哮过来，他却一动都没有动。我弯下身子对他说："小哮，他死了，你们已经把他干掉了。"可他还是静静地躺着。这时我才看见他身上有两道深深的伤口。我想去抱他："伙计，放了他吧，他已经死了。"小哮轻轻地吼了一声，这才松开嘴。牧人们都围拢来，跪在他身边。老彭鲁夫用颤抖的声音说道："我愿意用二十头牛来换他的性命。"我把小哮抱在怀里，抚摸他的脑袋，唤他的名字。而他舔了舔我的手掌，低低地哼了一声，仿佛在告别，然后永远安静了下来。

我悲伤地往回走。我们得到了一张巨大的狼皮，可丝毫没有感到胜利的喜悦。小哮被埋葬在牧场后面的小山上。我听见彭鲁夫在一边喃喃自语道："这就是勇气。没有勇气，你就养不成牛。"

贫民窟的猫

第一阶段

一

“咪咪吃饭喽！咪咪吃饭喽！”穷鬼胡同里传出一阵尖细的喊声。一定是哈姆林的叫花子风笛手来了，因为附近大大小小的猫咪一听见这声音，就全都跑了出来。不过狗儿们却冷冷地站在一边，看着他们觉得好笑。

“咪咪吃饭喽！咪咪吃饭喽！”喊声拔得更高了。这时候，焦点人物出现了——一个蓬头垢面的小个子男人推着一辆手推车走来，身后杂七杂八地拖着一大群猫；猫咪一路跟着，一路也扯起嗓子乱叫，仿佛在应和男人那有魔力的喊声。男人又走了五十码，见身后的猫儿已经聚起不少，便停下来，从手推车上的箱子里抄起一把大叉子，叉子上满是煮熟的肝脏，散发出浓烈的气味。他用长棍子把肝脏拨下来。猫咪便纷纷凑上去，叼起自己那一份，然后转过身，垂下耳朵，瞪大眼睛，小老虎似的吼几声，找个僻静地方享用美餐去了。

“咪咪吃饭喽！咪咪吃饭喽！”越来越多的猫咪跑出来领吃的，每张面孔喂食的男人都认得。这是卡斯蒂莱恩家的小虎，那是琼斯家的老黑；这是普拉里茨基家的脱壳，那是丹顿夫人家的阿白；从那边悄悄溜过来的是布兰金肖家的马耳他猫；爬上手推车的是索亚家的老猫橘子比利，一个到处招摇撞骗的冒失鬼，什么财政后台都没有——得好好记着。这只猫倒有一个挣钱的主人，周薪一角大洋；那只猫的主人，可就难说啦。约翰·沃西家的猫来了，他只分到一小口，因为约翰已经赊了不少账。酒馆里那只会捉老鼠的猫也来了，戴着脖圈，系着缎带，拿到老大一块，因为酒馆老板最是慷慨大方。巡警的猫虽说没交现钱，但还是得到了特殊照顾，作为报答。不过也有空手而归的。一只白鼻子黑猫跟着大伙儿冲上来，却遭到无情的拒绝。小家伙真是搞不懂，那个男人都喂了她好几个月了，怎么突然翻脸了？她当然不明白，喂食的男人却清楚得很。因为她的主人已经不付钱了。虽说他手里没账本，脑子却是永远记得分毫不差。

除了手推车周围的这些“贵族大佬”，还有许多别的猫远远躲在一边，他们可不在“社会保障体系”的名单上。肝脏的香味令他们心驰神往，可吃到嘴里的可能性却微乎其微。其中有一只瘦不啦叽、灰不溜秋的母猫，是贫民窟的常住居民，没人养活，谋生全凭自己头脑活络。明眼人能够一下子看出来，她有一窝小猫，就藏在某个僻静的角落里。她伏在一边，一只眼睛追踪着手推车，一只眼睛警惕着附近的狗。一群兴高采烈的猫衔着大餐威风凛凛地跑过去，她却只能站在一边旁观。突然，一只和她命运相同的大公猫，向一只刚得到食物的小猫扑上去。小猫为了自卫，不得不把嘴里的肝脏吐在地上，没等“大个子”动手，灰猫瞅准机会，夺走食物，一溜烟跑远了。

她从曼齐家的边门钻出去，翻过后院墙，这才坐稳了，把那片肝脏吞下肚，然后心满意足地舔舔嘴唇，兜了个圈子回到垃圾场。在那儿的一个旧饼干箱底下，她的孩子们正在等着她呢。一阵可怜的呜咽声传到她耳朵里，她急忙赶过去，竟然

有一只大黑猫正在袭击她的孩子！这只公猫的个子足足比她大一倍，但她顾不了许多，拼命朝他一扑，而他呢，就像所有被当场撞破恶行的坏蛋一样，转身就逃。只有一个孩子还活着。这小基蒂和妈妈长得很像，只是毛色更加鲜明，灰中带黑，鼻子、耳朵和尾巴尖则是白的。毫无疑问，妈妈悲伤了好几天，然后就把所有的关爱都灌注到那唯一的幸存者身上了。黑猫的行为无疑是残忍的，但不能说对妈妈和孩子完全没有好处。妈妈每天都必须出去觅食。想从喂食的男人手里捞到吃的，是绝对不可能的，但总可以去垃圾桶里碰碰运气，即使找不到一星半点的荤食，土豆皮却肯定少不了，好歹能缓解一下饥饿的痛苦，让她们再多挨过一天。

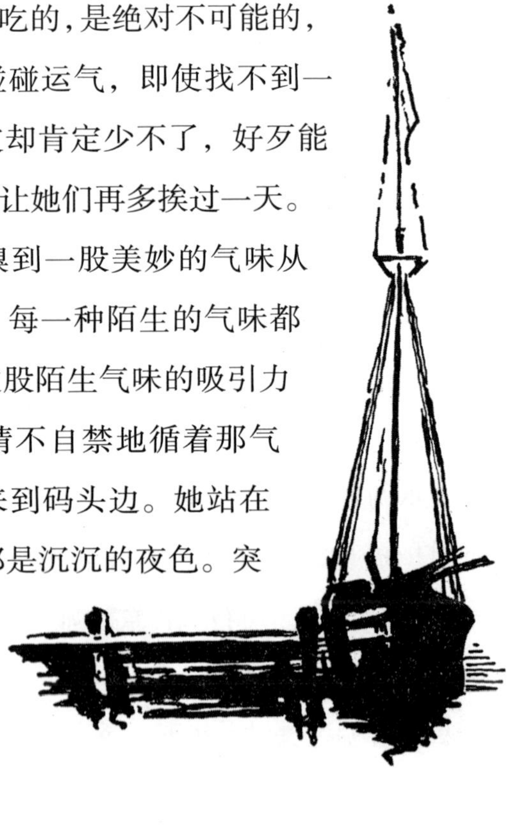

一天夜里，母猫嗅到一股美妙的气味从小巷尽头的东河飘来。每一种陌生的气味都必须做一番调查，而这股陌生气味的吸引力真是难以抗拒，母猫情不自禁地循着那气味，跑过一个街区，来到码头边。她站在空旷的码头上，四周都是沉沉的夜色。突然一声低吼，一个黑影朝她扑来，原来是宿敌——码头上的那条狗——截住了她的去路。只有一条生路。她纵身跃上泊在码头边的一艘船，那气味正是从这艘船上飘出来的。狗没办法追上去。可是第二天清晨，那艘渔船起航了，灰猫只得跟着离开了她的家，再也没有回来。

二

小基蒂还在贫民窟里等着她的妈妈。天亮了，太阳渐渐升高，她饿得肚子咕咕叫。好不容易挨到傍晚，基蒂在本能的驱使下，出去找吃的。她从旧箱子里跳出来，默默地在垃圾堆里搜索着，每一样看上去能吃的东西，她都凑上去闻一闻，可是什么食物都没有找到。最后她来到一架木梯子前，梯子下面的地下室就是“日本人”马里的宠物商店。门虚掩着。她一下子闯进了一个陌生的世界，里面弥漫着奇怪的臭味，到处是笼子，笼子里关着扑腾乱跳的生物。角落里的一个大箱子上坐着一个黑人。他发现了这个小东西，就好奇地看着她。只见她从兔子跟前走过，可兔子压根就没注意到。她向关着狐狸的笼子走去，这位大尾巴先生悄悄躲在角落里，伏下身子，一双眼睛闪闪放光。基蒂吸着鼻子走上前去，小脑袋探进笼子里，又吸吸鼻子，朝喂食盘摸过去。突然间，埋伏在一旁的狐狸“唰”地扑来，一下子按住了基蒂。基蒂惊恐得“喵喵”直叫，要不是那黑人及时赶到，她就算有九条小命，也要被捏碎了。那黑人手无寸铁，也进不到笼子里，但他用尽力气朝狐狸脸上啐了一口，吓得狐狸立刻扔下基蒂，缩回角落里，惶惶不安地眨眨眼睛。

黑人把基蒂抓出来。小家伙显然是被那只凶恶的困兽吓坏了，她没有受伤，却有点发蒙。她趔趄了几步，慢慢恢复过来，一转眼就安安静静地趴在黑人膝头了。这时，宠物店老板“日本人”马里回来了。

马里不是什么东方人，而是不折不扣的伦敦佬，但他那张扁扁的圆盘脸上偏偏长着一双细细的吊梢眼，所以大家都叫他“日本人”，他本来的名字倒没人说得上来了。马里对鸟兽并没有特别的恶意，毕竟他是靠鸟兽买卖来糊口的，他只是很清楚自己需要什么，不需要什么。他不要这只贫民窟的小猫。

黑人把基蒂喂得饱饱的，然后带她到另一个街区，把她扔在一个大杂院里。

三

一顿吃饱，三天不饿，基蒂精力充沛地在垃圾堆中间兜来兜去，不时抬起头，好奇地瞥一眼高挂在窗户外面的鸟笼。她悄悄地透过篱笆张望，发现一条大狗，赶紧趴下来。不久她找到一个阴凉地方，就躺在那儿睡了一个钟头。突然，她被一阵吸鼻子的声音惊醒了，原来面前竟站着一只大黑猫。他和一般的公猫有点不同：绿莹莹的眼睛，粗壮的脖子，坚实的下颚，脸上一道长长的伤疤，左耳朵被扯破了。他看上去很凶恶，耳朵微微朝后仰着，尾巴在抽动，喉咙里发出低沉的吼声。基蒂不认识他，傻乎乎地走上前去。黑猫抵着一根柱子蹭了蹭下颚，然后，默默地转过身，缓缓离开了。她看见他的尾巴一左一右地摆动着，却并不知道自己刚刚和死亡擦肩而过，因为他和笼子里的狐狸一样危险。

夜幕降临，基蒂饿了。她仔细地嗅着，分辨空气中各种各样的气味，朝着最有可能发现食物的方向，一点一点摸索着，最后在大杂院的一角发现了一个垃圾桶。垃圾桶旁边有一个水龙头，下面接着一桶水。她终于能够解渴了。

这天夜里，她几乎一直都在搜寻摸索。第二天，她又在阳光下睡了一觉。时间就这样慢慢过去。有时候她能在垃圾桶里饱餐一顿，有时候却一无所获。有一次，她看见那只大黑猫也在翻垃圾桶，这回她小心翼翼地躲开了，没被他发现。水桶常常放在那个地方，如果偶尔不在那儿，水龙头下面的石板上就会积起浅浅的泥浆。不能对垃圾桶抱太大希望，有一回，她一连三天都没在里面发现一丁点可吃的东西。她沿着高高的篱笆一路找下去，看见一个小窟窿，就钻过去，原来外面就是大街。真是个新天地，可没等她好好探索一番，就听见一声狂吠，一条大狗直扑过来。基蒂连忙原路退回。她饿坏了，幸好找到一点土豆皮，勉强填了填肚子。早上，她没有睡觉，一直在到处找吃的。几只麻雀在场地中央“喳喳”叫着。这些鸟儿本来是司空见惯的，可此时她却突然有了新的念头。长时间的饥饿唤醒了基蒂的野性：麻雀是猎物，是可以吃的！她本能地伏下身子，悄悄地一点一点接近，但是麻雀非常警觉，一下子就飞走了。基蒂试了一次又一次，她想抓住麻雀，看他们是不是的确能吃，可是每一次都失败了。

到了第五天，饥肠辘辘的基蒂壮着胆子来到大街上，匍匐着寻找食物。几个小男孩扔砖块向她开火，可是她离那个小窟窿太远，退不回去了，只得心惊胆战地往前逃。一条狗跟着小男孩一起追，眼看基蒂就要被抓住了。正当这危险时刻，刚巧路边有一座铁栅栏围起的房子，她立刻一头钻进去。一个女人站在房子楼上的窗边大声喝退了狗。还有个小男孩扔了一块肉给惊魂未定的基蒂，这真是她生平最美味的一餐。她一声不响地躲在门廊下面，直到天黑之后，才悄悄潜回那个大杂院。

就这样，两个月过去了。基蒂长得更大更结实了，也摸清了周围的情况。她对唐尼街已经非常熟悉，街边那一长溜垃圾桶，她每天早晨都要巡视一遍。对于它们的主人，她自有一番高见，这可与罗马天主教会的截然不同，房子越气派，垃圾桶里的鱼下水就越丰富。没多久她就认识了那个喂食的男人，跟着其他一些猫，远远观望着等待机会。码头上的那条狗，以及那些危险的同类，她又遇到过两三次。现在她已经知道他们并非善类，也学会了如何躲避。她甚至发明了一种新技巧，并为此沾沾自喜。每天清早，送奶工都会把牛奶罐留在家家户户的台阶或窗台上，不知道有多少猫咪对它们垂涎三尺。有一天，基蒂很偶然地发现一只牛奶罐的盖子破了，她琢磨了一番，居然想出办法来喝到了里面的牛奶。对于瓶子，她毫无办法，可罐子却常常没有盖严，因此基蒂就想方设法地寻找那些盖子破损的罐子。她越找越远，来到一个堆满破箱子破桶的垃圾场，而这垃圾场的前面，正是那个地下室里的宠物商店。

她不喜欢那个大杂院，从来没有把那儿当作自己的家；可是在这里，她却觉得自己是主人。她发现另外一只小猫跑进来，心里非常不痛快，咬牙切齿地逼过去。两只猫对峙着，彼此威胁着，突然，从楼上窗户里倒下一桶水，恰好浇在他们头上，也一下子浇灭了他们的怒气。新来的小猫翻墙逃走，基蒂则躲进一个大箱子。那正是她出生的地方，她真是太喜欢了，就重新在里面安了家。这儿垃圾桶里的食物不如那个大杂院多，也没有水龙头，但是常常有肥嘟嘟的小老鼠出没。在这个院子里，她不仅找到了美餐，还结识了一个朋友。

四

基蒂已经成年。她的模样神气得像一只小老虎，全身黑色与浅灰色相间，鼻子、耳朵和尾巴尖却是雪白的，显得十分出众。她的觅食技巧非常娴熟，可偶尔也会饿上几天肚子，想抓麻雀也总是失败。她独来独往，但是一种新

的力量正在进入她的生活。

八月里的一天，基蒂正躺着晒太阳，突然看见一只大黑猫沿着墙顶朝她这边走来。她一眼就认出了他那只被扯破的耳朵，立刻躲进自己藏身的箱子里。黑猫精神抖擞地一路小跑，来到院子尽头，敏捷地跃到一个棚屋顶上，继续往前跑，却迎面走来一只黄猫。黑猫怒目圆睁，咆哮起来，黄猫也毫不示弱。他们摇着尾巴，威胁地吼着，耳朵收起，肌肉绷紧，一步步逼近对方。

“呀呜——呀呜！”黑猫喝道。

“啊呜——啊呜——”黄猫低沉地回应。

“呀——噢呜——噢呜——”黑猫跨近一小步。

“啊呜——呜——”黄猫挺直腰身，迅猛地逼近一大步。“啊——呜！”他用力挥动尾巴，又凑近一大步。

“噢呜——噢呜！”黑猫的吼声更尖厉了，他略撤一步，毫不畏惧地挺起宽阔的胸膛。

周围的窗子全打开了，传出人说话的声音，但是两只猫丝毫没有撤退的意思。

“啊呜——呜！”黄猫的吼声更加低沉，“啊呜！”他又迈出一大步。

这时候两只猫几乎鼻子顶鼻子了，他们侧着身，随时准备开战，但又都在等待对方先出手。足足三分钟，他们一动不动地屏息怒视对方，只有尾巴在晃动。

黄猫低沉的吼声再次响起：“啊呜——呜——呜！”

“呀——呀——呀！”黑猫尖叫道，试图喝退对方，一边却撤后一小步。黄猫趁势逼上去，两只猫的胡须搅到一起；黄猫又上前一步，鼻子尖都碰着了。

“啊呜——呜！”黄猫低沉地呻吟着。

“呀——呀——呀！”黑猫尖叫着，又退开一小步。黄猫终于发动进攻，凶神恶煞般直扑上来。

好一番撕咬翻滚！那黄猫尤其凶狠。

忽而这一只占了上风，忽而那一只扳了回来，但黄猫的优势更加明显。他们“噼里啪啦”从屋顶上滚下来，四周的窗子后面都传出惊呼声。即便在滚下的刹那，两只猫都没有松劲，他们一路撕扯，尤其是那只黄猫。鏖战在地面上继续，黄猫越战越勇。最后，两只猫松了嘴，他们都伤得不轻，而黑猫的伤势更严重些。他鲜血淋漓，凄惨地尖叫着，翻墙走了。窗子后面议论纷纷：凯利家的“黑鬼”还是被“橘子比利”整惨啦。

如果不是因为黄猫嗅觉灵敏，就是因为基蒂没有尽力躲藏，总之，他在箱子中间找到了她，而她也没有逃走，说不定就是因为她目睹了那场恶战——还有什么比一场大胜更能赢得异性的欢心？从那以后，黄猫和基蒂就成了好朋友，虽然他们并没有共同生活，也不分享食物——猫通常不会这样做，但他们都把彼此当作最亲密的朋友。

五

九月过去了。进入十月，白天越来越短。这期间，旧饼干箱子里发生了新变化。如果“橘子比利”来看基蒂，他就会发现她的怀里蜷缩着五只小猫咪。基蒂做妈妈了，这感觉真是奇妙。像所有的动物妈妈一样，基蒂满怀欢喜和爱意，温柔地舔着她的宝贝。如果她有能力思索，一定会对自己的行为感到不可思议。

这些小猫为她那乏味的生活平添了乐趣，但也增加了牵挂和沉重的负担。现在她必须竭尽全力寻找食物。孩子们逐渐长大，她的负担也越来越重。孩子们出生已经六个星期，每当妈妈不在家，他们就会在箱子中间爬来爬去。

贫民窟里的动物都知道，厄运来了逃不走，好运来了推不开。基蒂先是三次和狗遭遇，一连饿了两天，又被马里店里的黑人用石块砸了，可接下来时来运转。第二天早上，她找到满满一罐没有盖子的牛奶，然后成功抢劫了一只在手推车上领食物的小猫，还找到一个肥鱼头，这一切都是在短短两个小时之内发生的。当她填饱肚子，心满意足地回家时，忽然发现院子里有一只棕色的小东西。她回想着以前打猎的情景，却猜不出眼前这小东西究竟是什么。她抓过几次小鼠，而这个小东西显然就是一只尾巴短、耳朵长的“大老鼠”。基蒂小心翼翼地靠近，那小兔子就那么蹲着，好像被这只猫的举动逗乐了。他压根没想着逃走，基蒂一跃而起，将他一把摁住。她一点不饿，所以就把兔子拖回饼干箱，扔到孩子们面前。兔子没有受伤，等他缓过神来，就和小猫挤在一起，反正他也没办法从箱子里逃出去。当小猫开始吃晚饭，他竟然也和他们一起吃起来。这可让猫妈妈摸不着头脑了。虽说她有猎食的本能，但肚子不饿，小兔子就此活下来，还激起了基蒂的母性本能。结果呢，小兔子成了这个猫家庭中的一员，得到了猫妈妈的保护和抚养。

两个星期之后，小猫更加活跃了，妈妈不在的时候，他们就在箱子堆里跳来跳去地嬉闹。小兔子还是爬不出箱子。“日本人”马里看见后院里的小猫，就叫黑人拿枪把他们全打死。于是一天早晨，黑人找来一把 22 口径步枪。他一只接一只地击中，看着他们一只接一只落进木头堆的缝隙。就在这时候，母猫从码头那边沿着墙跑来了，嘴里衔着一只大鼠。黑人刚想瞄准，却突然改变了主意：会捉老鼠的猫有活的价值。那碰巧是她第一次捉住大鼠，却因此保住了性命。她踏着迷宫般的木头堆，回到饼干箱里，但令她奇怪的是，虽然一遍又一遍呼唤，却不见一个孩子跑出来，而小兔子可不会吃老鼠。基蒂搂着小兔子喂奶，一边仍在呼唤小猫们快回来。黑人循着她的叫声，无声无息地找了过来，当他朝饼干箱里张望的时候，却惊奇地看见一只母猫、一只活蹦乱跳的小兔子和一只死老鼠。

母猫收起耳朵，发出怒吼。黑人缩了回去，但不一会儿，一块木板落下来，把饼干箱封了个严严实实。整个箱子，连活的带死的，全被抬进了宠物商店。

“我说老板，你看，我们丢的那只小兔子被找回来了。你一定会以为是猫把它偷走了。”

基蒂和小兔子被小心翼翼地关进一个大笼子，作为一个快乐家庭进行展览。几天之后，小兔子病死了。

笼子里的猫咪不可能快乐，虽然有吃有喝，但她渴望自由——也许她懂得了“不自由毋宁死”的意思。不过，在笼子里待了四天，她把自己舔得干干净净，一身不寻常的皮毛闪闪发光。“日本人”见了，决定把她留下。

第二阶段

六

矮墩墩的“日本人”马里是个声名狼藉的伦敦佬，专卖廉价鸟。他穷得叮当响，黑人之所以跟着他，是因为“英国人包吃包住”，而且比美国人讲平等。按照他的观点，马里是位正人君子，虽然他根本就没有什么观点。人人都知道，他靠的是把偷来的猫和狗改头换面后出售来挣钱。店里的那些鸟，有一半是瞎子。不过马里非常自信。每当他有了一点微不足道的成功,就会挺起瘪瘪的胸膛吹牛:“听着,赛米,好孩子,总有一天你会看见我骑着一匹高头大马。”时不时地，他会有一股子不怎么坚定的雄心壮志，有时候还做梦想成为著名的宠物专家。他曾经试图送一只猫参加尼科博克宠物大展，出于三条理由：一、实现自己的雄心；二、拿一张参展证；三嘛，“这么说吧，一个人既然养了猫，就应该多见识见识名贵品种”。不过，那个展览是由宠物协会举办的，必须得到推荐才能参加，而他那只据说有一半波斯血统的猫却被拒绝了。

马里只留意报上的“寻物启事”专栏，不过也剪过一篇关于“皮毛养护”的文章，把它贴在卧室墙上，还据此在基蒂身上做了一个残忍的实验。他先把基蒂浸泡在一种药水里，杀灭她皮毛中的虫子，再用肥皂和温水彻底洗干净。基蒂恼火极了，又抓又咬，惨叫连连。马里才不管呢，他把关基蒂的笼子移到火炉旁边，当她干透之后，浑身上下的毛松软洁净，真叫漂亮。马里和他的助手都很满意，他认为基蒂也应该高兴才是。不过这只是第一步，接下来才是真正的实验。文章说："充足的油脂和持续的寒冷，是造就优质皮毛的重要因素。"冬天眼看就到了，马里把基蒂的笼子一直放在院子里，下大雨、刮大风的时候才搬进来，还整天往她嘴里塞油糕和鱼头。一个星期之后，效果显著，基蒂变得又肥又亮——除了长膘、长毛，她还能做什么呢？笼子总是收拾得干干净净，在油脂和寒冷天气的共同作用下，基蒂的毛一天比一天厚实，一天比一天光亮。到了隆冬时节，她简直是光彩照人了。马里得意非凡，这小小的成功催生了他的野心。宠物大展就要举行，为什么不送基蒂去参加呢？不过，鉴于去年的失利，他必须认真考虑每一个细节。"我说，塞米，可不能让他们晓得她是只野猫，"他对他的助手说，"咱们得摸透尼科博克的脾气。关键是得起个好名字，得沾点贵族气儿，尼科博克就吃这一套。什么'迪克王子'啦，'萨姆王子'啦，怎么样？哎，不对，那都是公猫的名字。我想想，塞米，你老家的那个岛叫什么来着？”

“安纳洛斯坦岛，先生。我老家就在那儿，先生。”

“好得很。‘安纳洛斯坦公主’，太棒了！纯种‘安纳洛斯坦公主’！哈哈哈——”两个人大笑起来。

“咱们还得造一份谱系，明白吗？”于是一份长长的血统谱系也被伪造出来了。

一天傍晚，塞米戴着一顶借来的丝绸礼帽，将猫咪和谱系送到展览会上。这黑人干得很漂亮，他能在五分钟内摆出一副盛气凌人的傲慢样儿，马里一辈子都学不来，而这无疑是安纳洛斯坦公主在猫展上受到隆重接待的重要原因之一。

马里终于打进了宠物大展，真是得意极了，但他仍像所有伦敦佬那样，对上流社会毕恭毕敬。开幕那天，他捏着参展证来到展厅前，只见马车川流不息，礼帽来来往往，令他十分震撼。看门人冷冷地打量他一番，还是放他进去了，显然把他当成了某位参展人士的马夫。

每一排笼子前面都铺着天鹅绒地毯。马里悄悄溜到侧面的笼子前，瞟着各种各样的猫，看他们获得的蓝绶带和红绶带。他多了个心眼儿，没有直接去打听自己送来的那只猫，心惊胆战地生怕被大人先生们揭穿鬼把戏。他沿着外展厅转悠了一圈，看见许多获奖的猫，而连基蒂的影子都没有发现。内展厅的观众更多，他挤进去看，还是没有找到基蒂。于是他想，一定搞错了，基蒂后来一定是又被评委们拒绝了。没关系，反正他已经拿到参展证，也知道了该去哪儿看名贵的波斯猫和安哥拉猫。

展厅中心都是名贵猫种。那里人流如织，过道两边拉着绳子，两名警察维持着秩序。马里随着人流慢慢移动，他个子太矮，看不到前面。虽然那些衣冠楚楚的人看见他一副寒酸样儿，都避之唯恐不及，可他还是没办法挤得更近些。不过他听见大家议论纷纷，知道展览的焦点就在前面。

“噢，她太美了！”一个高个子女人说。

“真是出类拔萃！”另一个人答道。

“毫无疑问，只有长期的养尊处优才能造就如此风度。”

“我真想拥有这非凡的生灵！”

“多么庄严，多么雍容！”

“听说她的血统可以追溯到法老时代。”

马里听到这些话，不由得又矮了一截，想到自己竟把

基蒂送到这样的大场面来，真是胆大包天。

“这位夫人，请原谅。”这时展览主席分开人群走出来，说，“我们请来了《娱乐报道》的画家，为本次展览的‘明珠’画一幅肖像，能否请您稍微让一让。对，这样就行，非常感谢。”

“噢，主席先生，您就不能说服他出售这可爱的小东西吗？”

“很难说，”主席回答，“据我所知，他非常富有，也非常傲慢。不过我会尽力试试，夫人。他的管家告诉我，那是他的掌上明珠，他起先都不愿意展出的。喂，你！快走开！”主席突然看见一个衣着寒酸的小个子男人正拼命想挤到画家和那只高贵的猫咪中间去，立刻嚷起来。可那个家伙一心想看名猫，他伸长脖子，凑过去看笼子前面的牌子，上面写着：“尼科博克宠物大展蓝绶带及金奖获得者：纯种安纳洛斯坦公主；拥有及送展人：著名宠物专家J. 马里先生。（谢绝购买。）”马里倒吸一口凉气，定睛再看。果然是她。一个镀金笼子高高在上，里面铺着天鹅绒软垫，四个警察守在周围。他的基蒂浑身上下闪耀着黑灰相间的光辉，蓝色的眼睛微微闭着，安静得像一幅画。她无聊得要命，面前那些吵吵嚷嚷的观众，她根本不喜欢，也根本不理解。

七

马里待在笼子前，听着大家的议论，几个小时过去了，还不肯离开。他仿佛被荣耀灌醉了似的，这滋味，他这一辈子就连做梦的时候也从来没有尝到过。不过，他很清楚自己最好不要抛头露面，把一切都交给他的“管家”。

这次展览因为有了基蒂而大获成功。在她主人眼里，她的价值逐日递增。他不知道名贵的猫应该卖什么价钱，后来他的“管家”为“安纳洛斯坦公主”向主办方索价一百美元，他认为这已经是天价了。

就这样，基蒂被带出展会，搬进了第五大道的豪宅。一开始她就表现出一种莫名其妙的野性：她不喜欢被人抚摸，这被认为是贵族的矜持；她一看见哈巴狗就跳到餐桌中央，这被认为是根深蒂固的洁癖；她去袭击笼子里的金丝雀，这被认为是她东方故国的专制传统在作怪；她喝牛奶时熟练地去掉盖子，这赢得了特别的赞美；她不喜欢铺着丝绸的睡篮，还经常一头撞到玻璃窗上，这也很好理解，因为那个睡篮太普通，而她以前住的宫殿里没有玻璃窗；她弄脏地毯，这体现了她身上的东方习气；她几次三番跑到院子里去捉麻雀，却总是捉不到，这同样说明了她是娇生惯养大的；她老是在垃圾桶里打滚，这被认为是贵族的怪癖，可以原谅。她吃喝不愁，深受宠爱，她是炫耀的资本、赞美的对象，但她一点也不开心。基蒂想回家！她不停地撕扯脖子上的蓝缎带，终于把它扯了下来；她撞玻璃窗，因为她以为从那儿可以出去；她一看见人和狗就躲，因为在她的印象中，他们最坏最残酷；她成天蹲在窗前，望着一窗之隔的屋顶和院子，盼望着能够到那另一番天地中去。

但是，她被严加看管，绝对不允许踏出屋子一步。因此，每当垃圾桶被搬到房子里，基蒂就在里面惬意地玩个够。三月的一天夜里，垃圾桶被送出去清洗，安纳洛斯坦公主趁机溜出去，一转眼便消失了。

当然，她的出走引起了巨大骚动，但是基蒂不知道，也不在乎——她只想回家。也许她碰巧会往格莱默希山庄方向去，也的确在经历了种种冒险之后到过那儿。而现在呢？她在外面流浪，找不到吃的。

她开始觉得饿了，但心里却有说不出的高兴。她在一座花园里徘徊了许久。刺骨的东风吹来，她仿佛嗅到了一种亲切的气息，对于人来说，那不过是码头上飘来的臭味；可对于小猫来说，那却是家的味道。她沿着长长的街道，沿着花园的栅栏往东走，时而停下来沉吟片刻，时而穿到光线更暗的街那边，最后来到码头上。但她发现自己并不熟悉这儿。她应该继续往南或者往北走。她选择了往南，一路上避开障碍，避开箱子，避开狗和其他猫，穿过弯曲的树枝和笔直的篱笆墙，经过一两个小时的跋涉，她终于嗅到了熟悉的气味。天还没有大亮，疲惫的基蒂找到了那段篱笆、那个小窟窿，她翻过墙，回到宠物商店后面的那个垃圾场——是的，她回到了出生的那个饼干箱里。

第五大道的人家真该看看她的东方故国！

基蒂好好休息了一阵子，才悄悄地从饼干箱里爬出来，沿着通往宠物商店的梯子走下去，像以前那样开始找吃的。商店的门开着，黑人正好站在那儿。他朝里面嚷道："哎呀，老板，快来看！安纳洛斯坦公主回来啦！"

马里赶紧跑出来，刚巧看见基蒂跳到墙头。他们一起大声招呼着："咪咪，小可爱！快上这儿来，好咪咪！"可基蒂根本不愿意搭理他们，朝着往日觅食的地方走去，很快就不见了。

马里靠安纳洛斯坦公主发了一笔意外之财，他为小店添置了不少东西，还充实了那些笼子，所以他

一定要把公主殿下抓住。他用臭鱼、烂肉之类的做诱饵。饥肠辘辘的基蒂发现了一个盒子里的大鱼头，可她刚爬进去，守在一旁的黑人就拉动了机关，盖子一下子掉下来，安纳洛斯坦公主再次沦为笼中囚。马里一直在留心“寻物启事”专栏，果然被他找到了，“悬赏二十五美元”。于是那天晚上，马里先生的管家抱着这只走失的小猫来到第五大道的豪宅门前。“马里先生向您问好，先生。安纳洛斯坦公主找到她老主人家去了，先生。马里先生很乐意把她送回来，先生。”不用说，马里先生是不接受赏金的，不过管家可是来者不拒，他甚至直言不讳，赏金以外的其他奖励，他也很愿意笑纳。

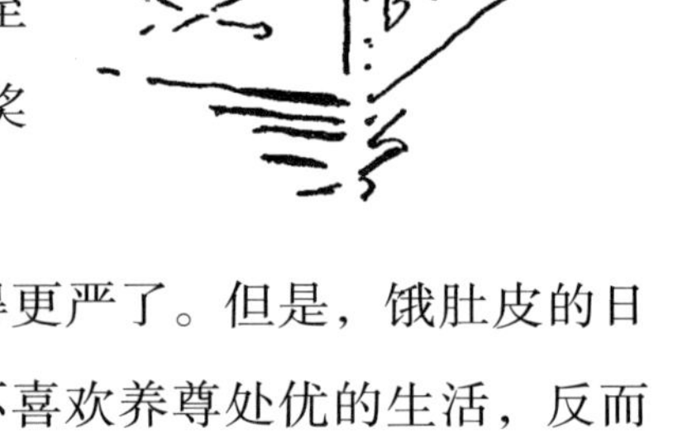

从此以后，基蒂被看管得更严了。但是，饿肚皮的日子并没有让她讨厌，她还是不喜欢养尊处优的生活，反而变得更野、更失落了。

八

纽约的春天最宜人。肮脏的英国麻雀在阴沟里斗得不可开交，附近的猫咪整夜整夜号叫个不休，第五大道的人家想搬到乡间别墅去住一阵子。他们整理好行装，锁紧大门，出发去五十英里外的别墅，小猫被放在睡篮里随行。

“她需要换换空气，别总想着老主人家，她会高兴起来的。”

篮子摇摇晃晃。陌生的声音和气味飘来又飘走。直行，转弯。脚步杂沓，篮子晃动；短暂停留，方向改变；“叮叮叮”，“梆梆梆”；汽笛声，门铃声；隆隆声，嗖嗖声；难闻的气味，恶心的气味，令人窒息的气味。巨大的轰鸣声淹没了基蒂的叫声，正当她再也无法忍受的时候，一切恢复了正常。她听见好一阵“叮叮当当”，光线明亮起来，空气也畅通了。一个男人的声音在说:“第125号大街到了，通通下车。”当然，在基蒂听来，那只是人类的叫声罢了。轰鸣声渐渐停止——完全停止。喧嚷和晃动依然继续，幸好再也没有可怕的气味了。随着一声悠长响亮的汽笛，飘来一股令基蒂愉快的码头气息，不过这气息很快消失了，接下来是一阵接一阵的摇晃、轰鸣、震荡、停歇、跳动，以及各种各样的气味或声响——煤气、烟雾、尖叫声、门铃声、汽笛声、雷鸣声，但是不管怎样，方向一直没有改变。最后，一切终于平静下来，阳光透过睡篮的盖子照进来。猫公主感到睡篮回到了原先的位置，只是稍稍倾斜，身子

下面仿佛有轮子在滚动。突然间响起一阵可怕的声音——有好几条大大小小的狗就在她身边吠着。篮子被高高托起，贫民窟来的基蒂在乡间别墅安顿下了。

每个人都那么和蔼亲切,都想方设法地讨猫公主喜欢，但是猫公主谁也不喜欢，也许只有一个人例外，那就是胖厨娘。有一天基蒂溜达到厨房里，发现了这个浑身上下油腻腻的人，这几个月来，就属她身上的气味跟贫民窟最接近，安纳洛斯坦公主不由得被吸引住了。当厨娘听说这只猫总是很胆小，就说:“是啊，你看她都不舔自个儿的爪子，怎么会自在？”于是她把这位不让任何人接近的公主一下子搂进围裙，在她的脚底偷偷抹了点下脚油。这真叫基蒂讨厌——其实这地方的一切都叫她讨厌。一被放到地上，她就忙着清洁脚爪，却发现那油脂真有滋味。她把四只爪子仔仔细细地舔了整整一个小时，厨娘得意地宣布：“这下她可自在了。”没错，她的确自在了，但出人意料的是，她竟然表现出对厨房，对厨娘，对垃圾桶的偏爱，这可有点让人恶心了。

虽然安纳洛斯坦公主的怪癖使主人纳闷，但毕竟她比以前适应，也愿意让人接近了。一两个星期之后，主人放松了看管，同时也尽力排除对她的威胁。他们教训家里的狗尊重她,不允许大人孩子扔石子袭击这位高贵的猫公主。

她想吃什么，就能吃到什么，但她还是闷闷不乐。她有许多向往，却说不清到底向往什么。是的，她什么都不缺，却偏偏没有她想要的东西。是的，她吃喝不愁，但是，如果你想喝多少牛奶就能喝到多少，那牛奶就仿佛变味儿了似的。必须是饿得前胸贴后背地从罐子里偷着喝，才带劲儿，不然那就不叫喝牛奶了。

房子四周的确有一个院子，非常宽敞，但是被玫瑰花污染了。家里的马啊狗啊，气味全都不对。这一带整个儿就像是冷冰冰的、毫无生气的沙漠，那些可恶的花园、可恶的田野，四下里望去，连一座房子、一个烟囱都看不到。她真是恨透这地方了！而在这可怕的地方，只有一个没人注意的角落叫她喜欢。她喜欢那儿的气味，喜欢在那儿掐树叶，在落叶堆里打滚。只有那一个地方还算有趣，除此之外，这一带找不到烂鱼头，找不到真正的垃圾桶，她一辈子都没见过这么没意思、这么讨人嫌、这么不够味儿的地方。要不是被看得紧，她第一天晚上就会逃走。她熬了几个星期，才有了一点自由；在这期间，她和厨娘的关系已经非常亲密。不愉快的夏天终于过去了，之后发生了一连串事件，猫公主的贫民本能被重新激发起来。

有一大包东西从码头上运到乡间别墅。运来的究竟是什么并不重要，重要的是，那些东西散发出如此浓烈的气味，令基蒂立刻回想起码头和贫民窟老家。记忆显然是躲在鼻子里的，现在被一种危险的力量唤醒了。第二天，厨娘费了点周折，从那包东西里留下一段缆绳。那天傍晚，家里最淘气的那个小儿子——他很不喜欢猫公主——要在她尾巴上系一个罐子，猫咪用她那弯曲尖锐的爪子反抗。被抓伤的男孩一声惨叫，一旁的母亲被激怒了。她以女人特有的方式给予回击，迅速掷出手中的书，猫咪不可思议地躲过了暗箭，立刻向楼上撤退。当被追逐时，老鼠朝楼下逃，狗沿平地逃，猫则朝楼上逃。她躲进阁楼，没有被发现，一直等到天黑以后，才悄悄潜下楼，挨个儿试着每一扇门，终于找到一扇没有关严的，便溜进了八月的夜色。对于人类的眼睛来说，外面黑得伸手不见五指，可对于猫来说，那不过是一片灰蒙蒙。基蒂钻过那片令她厌恶的灌木丛和花坛，在花园里那个心爱的小角落里，最后一次掐下一小段树枝，然后，义无反顾地踏上回家的旅程，就像春天里那次一样。

她并没有见过来时的路，怎么能够返回呢？所有动物

都有一种方向感。这种方向感在人类身上很弱，在马身上却很强，至于猫，则可以说他们拥有强大的天赋。这种神秘的感觉指引基蒂一路向西，虽然并没有绝对的把握，但总体上不会有错。路非常好走，一个小时之后，她已经走出两英里，来到哈德逊河边。嗅觉一直在对她说，方向正确。各种气味逐一重现，就像一个人在陌生的街道走上一英里，虽然他无法记起道路的具体特征，但是只要再次看到，就会想起来："啊，没错，我以前见过这个。"为基蒂指路的是本能的方向感，而为她确认方向的，则是她的嗅觉："没错，你方向正确——去年春天我们到过这里。"

沿河就是铁路。她无法过河，只能选择朝南走还是朝北走。这时，方向感明确地告诉她："朝南。"于是基蒂沿着铁轨和隔离栅栏中间的小道，一路朝南而去。

第三阶段

九

猫善于跳跃，所以爬树、翻墙都不费吹灰之力，但要说长时间跋涉，他们就不如狗有耐力了。虽然方向正确，一路顺利，可是基蒂走了整整一个小时，才离开可恶的玫瑰花园两英里多。她觉得很累，脚都酸痛起来了。刚想停下来歇会儿，栅栏那一边猛地冲出来一条狗，气势汹汹地乱吼，基蒂吓得赶紧拼命往前跑。她一边跑到安全地带，一边回头看狗有没有越过栅栏。幸好没有！但是他就贴着栅栏飞奔，叫得更凶了，简直就像打雷——哎呀，真的打雷了，跟着一道闪电。基蒂急忙回头看，不是狗，而是一头黑色大怪物瞪着血红的眼睛直扑过来，那巨大的轰隆声赛过几百只猫的叫声。她不敢跳到栅栏那一边，只好竭尽全力地奔跑，跑得比狗还快，跑得仿佛飞了起来，但是没有用，怪物一下子就追上她了。可奇怪的是，它又把她甩下，继续往前，最后消失在黑暗中了。基蒂蹲下身，喘着粗气。从遇见狗那地方算起，她已经跑出了约莫一英里。

这陌生的怪物，她的眼睛是第一次看见，鼻子却似乎曾经遇到过，而且鼻子还告诉她，这也是回家路上的一个标记。后来基蒂就不怕这种怪物了，因为她发现它们蠢得很，只要她藏到栅栏下面，蹲着不动，就不会被它们找到。在天亮之前，她又遇到过它们好几次，不过每次都安全逃脱了。

太阳升起来了，基蒂来到一片可爱的贫民窟，还很幸运地在垃圾堆里找到一点美食。她在一个马厩旁边待了一天，遇到两条狗和几个小男孩。这儿和她的老家很相像，但她不想停下来。内心的渴望依然在催促她上路，第二天傍晚她又出发了。白天，常常看见那种独眼怪物经过，她已经见怪不怪了。晚上，她就一个劲儿往家的方向跑。第二天，她来到一个谷仓，捉到一只小鼠。这天夜里和之前没什么两样，只是有一条狗追了她一阵子，逼得她退回去好远。还有好几次她误入歧途，走了不少冤枉路，好在她总能及时找到正确的方向。白天她就在谷仓里藏身，躲避狗和小男孩的追逐，夜里她就一瘸一拐地沿着铁路跑。她的腿脚已经非常酸痛，但她仍在一英里一英里地往南，往南——黑怪物、狗、小男孩、饥饿，黑怪物、狗、小男孩、饥饿。她走啊走啊，鼻子一次又一次鼓励她说："这儿的气味我们在春天的时候碰到过。"

十

一个星期过去了，基蒂又脏又累，四肢酸痛，脖子上的缎带早就不知去向。这一天，她来到哈林姆大桥下。虽然这一带的气味闻起来很舒服，可她实在不喜欢那桥的样子。她沿着河岸上上下下晃悠了半夜，还是不知道该如何继续往南，也没找到什么有趣的东西，只是看见另外几座桥，还发现这里的大人和小男孩一样危险。她必须回到大桥上，不仅是因为那儿的气味很熟悉，而且当独眼怪物从桥上飞驰而过的时候，那巨大的轰隆声使她觉得春天的时候也听到过。在浓重的夜色里，一切都静悄悄的，基蒂跳上枕木，无声无息地朝对岸跑去。刚走到大桥三分之一的地方，一头独眼怪物轰鸣着迎面驶来，把她吓了一大跳。不过她知道这蠢家伙是个瞎子，便跳到低处，匍匐下来。果然，那怪物从她身边径直跑了过去。可不知怎么，它竟然又掉回头来，也许是另外一头怪物从反方向朝她扑过来。猫咪急忙跳到另一侧铁轨上，继续往家的方向跑。她奋力奔跑，只要没有第三头怪物迎面过来，她就能安全上岸，可是它偏偏来了。眼看就要受到两头怪物的夹击，她横下心，纵身一跳——跳到哪儿了？她不知道，只觉得自己在下坠、下坠、下坠……扑通！她落进深深的水里。河水不冷，毕竟是八月，可是，哎呀，太可怕了！她把头冒出水面，呛了好一阵，四下里望望，看怪物有没有追上来，然后朝岸边游去。她从来没有学过游泳，却游得很好，原因很简单，猫在水里的姿态和动作就和在岸上一模一样。她可不喜欢待在水里，便自然而然地朝前“走”，结果呢，她就这么游到岸边了。哪一边的岸？回家的本能永远不会错：南岸是唯一的选择，是家的方向。她湿漉漉地爬上岸，沿着泥泞的河堤，穿过煤堆和垃圾堆，浑身上下黑漆漆、脏兮兮的，她再也不是什么公主了，而就是一只——猫咪。

当这位血统纯正的贫民窟公主从惊慌中回过神来，她不禁为刚才的冒险而自鸣得意，只觉得神清气爽，心里洋溢着成就感。她可不是要比那三头大怪物机灵得多？

嗅觉、记忆以及本能的方向感再次将她带回正确的道路。可这地方，那种轰隆作响的怪物实在太多了。为谨慎起见，她转而沿着河岸，追寻熟悉的气味，这样就不必冒险进入那些恐怖的隧道了。

她在东岸码头区度过了三天，领教了这里复杂的地形和五花八门的危险。有一次她不小心上了渡船，被带到长岛；不过她找到一艘早班船，又回来了。第三天夜里，她终于踏上了熟悉的土地，她在上一次逃亡中曾经到过这一带。因此她的目标更加明确，行动也更加迅速了。她已经知道自己该往哪里走，甚至知道哪些地方会有狗出没。她快跑起来，心情愈发轻松。用不了不久她就会再次见到她的东方故国，那个可爱的垃圾场。只要再转一个弯，就是那片街区。

可是，等等——怎么回事！它消失了！基蒂简直不敢相信自己的眼睛，可事实就摆在面前。太阳还没有升起，眼前，那曾经高高低低、层层叠叠、凌乱不堪的一片房子，现在只剩下一堆残破的瓦砾、倒塌的梁木和被拆毁的地下室。

基蒂绕着这片废墟走了一圈。本能的方向感以及残存的人行道告诉她，这里就是她的家，这儿是宠物商店，这儿是后院，可是这一切全都没了，彻底没了，就连它们的气味也都没了。猫咪的心碎了。她一心想回到自己的老家，她放弃一切，就是为了回到自己的老家，可是老家已经不复存在，就在这一刻，她那颗坚定的心沉了下去。她在寂静的废墟中寻找着，却找不到一点令她鼓舞的东西，也没有任何可以吃的东西。好几个街区都被拆除，废墟一直蔓延到河边。不是火灾，基蒂见过火烧后的情景。看起来，好像是那些红眼睛怪物干的好事。基蒂怎么会知道，那是因为这里将矗立起一座大桥。

太阳升起来了，基蒂想找个藏身的地方。旁边有一个街区还是原来的样子，安纳洛斯坦公主决定去那里下榻。

她有点熟悉那儿的道路，可是跑过去一看，那儿竟然挤满了猫。他们和她一样，都是被迫从附近搬过来的。一有垃圾桶送出来，那些猫就纷纷上去找吃的。这里没有足够的食物。基蒂忍了几天，终于决定去第五大道上她的另一个家里去看看。她找到那儿，却发现那房子关着，没有人住。她等了一天，被一个穿蓝上衣的大个子男人赶了出来。第二天晚上，她又回到了拥挤不堪的贫民窟。

九月和十月慢慢过去。那儿许多猫不是饿死，就是因为身体虚弱而死在天敌的手里。但年轻的基蒂却活下来了，她还是很强壮。

废墟发生了很大变化。她刚回来那天夜里，这一带是多么寂静，现在却成天挤满吵吵嚷嚷的工人。她看着一座大房子一点一点造起来，最后在十月底建成了。饥肠辘辘的基蒂看见一个黑人在路边放了一个桶，就悄悄溜过去。但是，她很失望地发现，那不是垃圾桶。这玩意儿在这里从来没有出现过——一个清洁桶。不过她在桶把手上找到一丝熟悉的气味，这多少算是一种安慰。正当她仔细研究的时候，一个开电梯的黑人从大房子里跑出来。虽然他穿着蓝上衣，但身上的气味却证实了基蒂对于桶把手的判断是正确的。基蒂连忙逃到街对面。那个黑人盯着她看了半晌：

“哟，那不是安纳洛斯坦公主嘛！哎呀，猫咪，小咪咪！

快过来！我猜你一定饿坏了！”

饿坏了！基蒂都一连几个月没好好吃东西了。黑人回到大房子里，又马上走出来，手里端着自己的午饭盒。

“过来，咪咪，快过来呀，小咪咪！”他的声音倒挺动听，可是基蒂不相信他。最后他把一块肉放在人行道上，就回去了。基蒂小心翼翼地凑上去，闻了闻那块肉，然后一口叼住，飞快跑到僻静的角落，像一只老虎似的，慢慢享用她的美餐。

第四阶段

十一

基蒂开始了全新的生活。现在她只要饿了，就跑到那幢新房子门前去，对那黑人的好感也与日俱增。她以前从来不了解这个人，他总是那么凶恶。而现在，他却成了她的朋友，唯一的朋友。

有一个星期她好运不断，一连七天都找到了像样的食物。而七天之后，她竟然找到一只真真正正的死老鼠，真是乐坏了。她从来没有捉到过大鼠，只是偶尔会发现一只死的，就把它藏起来慢慢吃。她路过那幢房子，正想过街，劈面跑来她的宿敌——码头上的那条狗，便急忙找地方躲，很自然地往她朋友的门前跑。门恰好打开，黑人正送一个衣冠楚楚的男人出来。他们都看见她叼着老鼠过来。

“快看，那猫叼着什么！”

“啊，是的，先生。”那黑人答道，“这是我的猫，先生，她可是老鼠的大克星，先生！她都快把它们抓光了，先生，所以她才那么瘦。”

“嗯，可别让她饿着了。”那男人说，听口气，他好像是这房子的主人，“你能喂她吗？”

“有个给猫喂食的男人经常过来，先生，每星期两毛五，先生。”黑人回答，理所当然地为自己争取了一毛五的“点子费”。

“行，我来付。”

十二

“咪咪，吃饭喽！咪咪，吃饭喽！”那个喂食的男人推着手推车穿过光荣的穷鬼胡同，他那富有魔力的声音一响起，猫咪们就立刻跑出来，一如既往地领取属于自己的一份食物。

无论是黑的、白的、黄的、灰的，男人都记得清清楚楚，而更重要的是，他们的主人是谁，他无一例外也都记得清清楚楚。现在他多了一个停留点——这幢新房子的拐角。

“嘿，你们这些野猫，快滚开！”男人边喊边挥手，让那只蓝眼睛、白鼻子的小灰猫过来，领走一份特别大的肝脏，因为塞米很聪明地分配了他的回扣。基蒂叼着“口粮”来到大房子的一个角落，那是她常去的栖身处。现在她进入了生活的第四个阶段，她从来不曾想到自己会这么幸福。起初，一切都不如意，而现在，她事事顺心。很难讲，旅行是否开拓了她的视野，但是她显然很清楚自己想要什么，而且已经得到了。她实现了长期以来的抱负，虽然她没有抓住过什么麻雀，可她抓住了两次机会——在残酷的贫民窟生活中两次至关重要的机会。

很难讲她究竟有没有抓住过大老鼠，不过黑人总是有办法找一只死老鼠来给大家看，以免基蒂丧失那份“口粮”。那只死老鼠会被扔在大厅里，直到房子的主人来了，才被扫掉。“噢，是那只猫干的，先生，就是那只安纳洛斯坦公主，先生，她是老鼠的大克星。”

她生过几窝小猫。黑人以为其中几只的父亲是那只黄猫，无疑他猜对了。

他不知道卖过她几次，而他很清楚，安纳洛斯坦公主会回来，那不过是时间问题。他显然正在攒钱，为了实现自己的雄心壮志。基蒂学会了乘电梯上上下下，黑人甚至说，有一次基蒂正在顶楼，听见喂食的男人的喊声，她竟然自己按了按钮下楼来了。

她又恢复了那一身光亮美丽的皮毛。她不仅是在手推车上领取津贴的“贵族大佬”之一，还是他们中间的大明星。喂食的男人对她毕恭毕敬，就连经纪人老婆养的那只吃鸡肉吃奶酪的猫，也不如安纳洛斯坦公主那样受器重。然而，尽管她过得自在逍遥，尽管她有“不同凡响”的血统和名号，可她生活中最大的乐趣却是风风光光地在小巷子里溜达。现在也好，从前也好，她就是那么一只灰不溜秋、名副其实的贫民窟的猫。

译 后 记

吴其尧

准备好了吗？下一秒钟我们就要离开这钢筋水泥的现代都市，飞到一百多年前的北美大地。那里没有摩天大厦，没有呼啸的汽车、炫目的霓虹，只有广袤的原野连着起伏的山峦，河流奔腾穿过，形成湖泊和沼泽，滋养着茂盛的高树矮木和出没其间的纷繁生命。这片大地是野生动物的家园，它默默地看着他们出生、成长、衰老、死亡，看着他们捕猎食物，哺育后代，与各自的天敌作战——那是怎样一出出惊心动魄的好戏！

首先上场的是一匹老狼，连牧人也要尊他为“王”。他率领部下在原野上纵横驰骋，残忍而傲慢地践踏羊群。牧人视他为眼中钉，不惜以重金悬赏他的头颅。可是，再巧妙的陷阱也骗不过他的眼睛和鼻子，再狡猾的猎人也不得不在诡计被识破之后忍受他的奚落！

接下来的场景转换成沼泽地旁的灌木丛，一只破了耳朵的小兔子蹦跳着登场。沼泽和树丛看似平静，实则无时无刻不在上演生死的搏杀。小兔子出生不久便险些命丧蛇口，幸好他有一位诲儿不倦的好妈妈，再加上自己的聪明、努力和一点好运气，他终于精通了各项丛林生存的绝技，一次次化解了猫头鹰、猎狗、狐狸、臭鼬以及他的同类——另一只雄兔的进攻。小兔子不是沼泽地里最强力的动物，但无疑是最成功的，虽然他和他的妈妈为生存付出了惨重的代价。

原野上的狐狸一家也不好惹。他们会默契配合，使用计谋捕猎；能够潜入人类的领地，在猎狗的眼皮底下拖走战利品；懂得利用风向和水流，甩开猎狗的追击，甚至将猎狗引向火车的铁轮！就像狐狸能够将自己伪装成岩石，他们已经与自然融为一体，他们的狡黠、野性和爱子之心都是自然的一部分。他们本可以在原野上代代繁衍，却接二连三地遭受厄运，因为他们的敌人不是普通的动物，而是人。

如果没有那些带着猎枪的人闯入，这些野生动物的命运又将如何？也许那匹传奇狼王不会身负重伤，在孤独无援中死去；也许那窝小狐狸能够长大并习得父母的本领和智慧；而那只美丽的松鸡也会在每一年的春天跃上树桩，让阳光辉映他艳丽的红颈毛，让拍打翅膀的声音响彻山谷。这只比弟弟妹妹们都要健壮乖巧的松鸡，从出生到长大，挺过了寄生虫病，躲过了狐狸和水貂的偷袭，经受住了“疯狂病”的考验，还冲破了寒冬的冰封，但是，他没能从冷酷的猎枪下救出妻子和孩子，终究也没能救出自己。

人类不断扩大自己的领地，人类的城市也成了动物的丛林。这本书的最后两个故事分别讲述了两只小动物在人类世界的历险。勇敢的小哮与狼殊死搏斗，他的身上延续着祖先的野性。坚韧的基蒂义无反顾地朝着家的方向跋涉，凭着血液里祖先留下的天赋；而她的故事又分明是对人类的素描，只是观察的视线降低到了离地三十厘米的高度。

请不要把这些令人唏嘘的故事仅仅解读为寓言，它们是作者为动物英雄立下的传记，是大自然的真实刻画。无论是凶猛的狼王洛波，还是柔弱的兔妈妈茉莉，都在严酷的环境中练就了高超的生存技巧，能够轻而易举地审时度势，分辨敌我，能够敏锐地观察其他动物的表现，巧妙地利用环境来保护自己，挫败强敌。他们的非凡智慧怎不教人叹服？这些动物英雄都有各自的名字，他们不是淹没在同类中的无名小卒，而是具有鲜明性格的个体。他们的故事足以令我们深思：动物和我们共同生活在这个星球上，分享共同的家园，我们是不是应该更认真地倾听他们的声音？

动物不会人类的语言，但那并不等于他们没有自己的语言。书中的兔子母子、狐狸一家以及松鸡家族，都各以其独特的方式交流情感，传授知识，他们之间的融融亲情感人至深。父母之爱、伴侣之爱不是人类的专利，且看狼王如何为了拯救伴侣而陷入机关，兔妈妈如何为掩护孩子而不惜付出生命，狐狸妈妈又如何为使孩子免遭丧失自由的耻辱而使用极端手段。套用人类的名词，他们有自己的“价值观”。显然他们的法则与人类的截然不同，但那绝不可以成为人类无视他们、伤害他们的理由。人应该多多了解他们，尊重他们的存在，尤其在野生动物越来越少、离人类越来越远的今天。

请记住这本书的作者——西顿，一位生于英国、长在加拿大的作家，也请记住这些动物故事所展现的大自然的理智与情感。西顿说：“没有哪一只野生动物是寿终正寝的，他们迟早会以悲剧结束一生。”制造悲剧的，可能是那些动物的天敌，可能是无情的大自然，但绝对不可以是我们。

（作者系上海外国语大学教授，英美文学博士，英美文学专业硕士生导师，翻译过《曾经沧海》《垂死的肉身》《魔种》《巨猿追踪》等作品。）

附录一

作家档案

欧内斯特·西顿（1860—1946），出生于英国的南希尔兹，1866年举家迁往加拿大。他的童年时代都是在多伦多度过的，为了逃避其父的肆意谩骂，他遁迹森林，养成了观察和研究自然界里飞禽走兽的习惯。1879年，热爱绘画的西顿回到了英国，进入伦敦的皇家美术学院学习。从1881年到1885年，西顿在加拿大马尼托巴的卡伯里群山里生活了几年。在那里，他成了人们心目中的怪人：披头散发，衣衫褴褛，带着画夹和笔记本出没于群山之中。在此期间，西顿开始撰写博物学文章。1898年，西顿凭借亲身经历和写作才能创作了一系列关于动物的故事，其中《我所知道的野生动物》一书大获成功，由此奠定了他作为作家的毕生声望。西顿是位多产作家，仅动物故事就写了三十来本。他还擅长绘画，常给自己的书画插图。

西顿一生结过两次婚。1946年，西顿以八十六岁高龄在新墨西哥州北部的西顿村去世，尸体在阿尔伯克基火化。1960年，为了纪念西顿诞生一百周年，养女和外孙一道将西顿的骨灰撒在西顿村的山野间。西顿去世后，加拿大的多伦多市建造了西顿公园，旨在纪念这位伟大的博物学家、作家。

一个多世纪以来，西顿的作品一直是喜爱野生动物者必读的经典。

附录二

作品万花筒

本书选择了加拿大作家西顿《我所知道的野生动物》及《动物英雄》中的八篇动物故事。《我所知道的野生动物》初版于1898年，之后不断重版。这不仅是一部深受孩子们喜欢的儿童读物，而且是成人读者读之不忍释手的枕边书。作者因此书的巨大销量而名利双收，并赢得了美国时任总统西奥多·罗斯福的友谊。《动物英雄》初版于1905年，是西顿的另一部极有影响力的作品。西顿说："人类所具有的东西动物也会有，动物所具有的东西在某种意义上也为人类所有。既然动物都有情有欲有灵性，所以和我们人类一样，它们理应拥有自己的权利。"西顿把动物提高到人类的同等高度来认识，无怪乎他毕生致力于保护动物的权利，以此而言，西顿的意识和见解是富有远见的。西顿的每一篇故事都是生动有趣、引人入胜的。这不仅体现在逼真的细节描写上，而且反映在栩栩如生的动物性格塑造上。每一个动物都有自己的名字，都被赋予独特的个性。独特的个性往往导致了最后的悲剧，用西顿的话来说，“野生动物的一生总是以悲剧告终”。这些作品里的动物有着野生动物的野性、超强的生存能力、与自然困难斗争的智慧和勇气、为配偶或孩子奋不顾身的牺牲精神。这些天然朴素的描述，让人感动于大自然中生命顽强不屈的力量，令人赞叹生命、讴歌自然。

西顿创作的野生动物故事还被改编成多部影视作品。1979 年日本上映了根据西顿《灰松鼠故事》改编的 26 集动画片。1989 年至 1990 年日本又将西顿的野生动物故事，包括《我所知道的野生动物》，改编成 45 集的动画片，其中的第 17 集和第 18 集《狼王洛波》给观众留下至为深刻的印象。这部动画片还被德国、法国、西班牙和欧洲其他国家引进，广大的阿拉伯国家也上映了这部动画片。2009 年，在《狼王洛波》的基础上拍摄而成的电视纪录片《改变美洲的狼》上映，在观众中引起了热烈的反响。